LA CASA
DEL BOSQUE

Títulos publicados en la serie
La Casa de la Pradera
de
Laura Ingalls Wilder

LA CASA
DEL BOSQUE

Por
LAURA INGALLS WILDER
Ilustraciones de GARTH WILLIAMS

NOGUER Y CARALT, editores

Título original
Little House in the Big Woods

© 1932, text copyright by Laura Ingalls Wilder
© 1959, 1987, text copyright renewed by Roger Lea MacBride
© 1953, illustrations copyright by Garth Williams
© 1981, illustrations copyright renewed by Garth Williams
Published by arrangement with
HarperCollins *Publishers*, Inc.
New York, N.Y., U.S.A.

© 1997, Noguer y Caralt Editores, S.A.
Santa Amelia 22, Barcelona

Reservados todos los derechos

ISBN: 84-279-3240-5

Traducción: Montserrat Solanas i Mata

Primera edición: diciembre 1998

Impreso en España - Printed in Spain
Limpergraf, S.L., Ripollet
Depósito legal: B - 45395 - 1998

LA CASA DEL BOSQUE

Capítulo uno

LA CASA DEL BOSQUE

En otros tiempos, a finales del siglo pasado, una niña vivía en una pequeña casa gris hecha de troncos, en el Gran Bosque de Wisconsin.

Los grandes y oscuros árboles del gran bosque rodeaban la casita y detrás de éstos había más y más árboles. Por lejos que un hombre pudiera llegar en un día caminando en dirección al norte solamente encontraría bosque y más bosque. No había casas. No había carreteras. No había gente. Sólo árboles y animales salvajes que tenían allí sus madrigueras.

En el Gran Bosque habitaban lobos, osos y grandes gatos monteses; las ratas almizcleras, los armiños y las nutrias vivían junto a los lagos; las zorras tenían sus guaridas en las colinas y por todas partes correteaban los ciervos.

A este y oeste de la pequeña casa de troncos, los árboles ocupaban millas y millas de terreno y tan sólo aquí y allá, en los bordes del Gran Bosque, se encontraban esparcidas algunas casitas de troncos.

Hasta donde podía ver la niña, únicamente estaba la casita donde ella vivía con su padre, su madre, su hermana

Mary y su hermanita Carrie, un bebé todavía. Delante de la casa había un camino que giraba y giraba hasta perderse de vista en los bosques en donde vivían los animales salvajes, pero la niña no sabía adónde conducía ese camino, ni dónde podía terminar.

La niña se llamaba Laura y llamaba Pa a su papá y Ma a su mamá. En aquellos días y en aquel lugar los niños no decían padre y madre y tampoco papá y mamá como hacen ahora.

De noche, cuando Laura yacía despierta en su cama de ruedas, escuchaba atentamente y oía solamente el susurro de los árboles. Algunas veces, en la lejanía de la noche, un lobo aullaba. Se acercaba después y volvía a aullar.

Era un sonido estremecedor. Laura sabía que los lobos se comían a las niñas pequeñas. Pero ella se sentía segura entre aquellas paredes de sólidos troncos. El rifle de su padre estaba colgado encima de la puerta y el bueno de *Jack*, el perro dogo manchado, montaba la guardia delante de la puerta. Su padre le había dicho:

—Duérmete Laura. *Jack* no dejará entrar a los lobos.

De modo que Laura se acurrucó bajo las coberturas de su cama junto a Mary y se durmió.

Una noche, su padre la tomó en brazos, la sacó de la cama y la llevó hasta la ventana para que pudiera ver a los lobos. Laura vio a dos, sentados delante de la casa. Parecían perros con un espeso pelaje. Alzaron sus hocicos puntiagudos hacia la brillante luna y aullaron.

Jack iba de un lado a otro delante de la puerta y gruñía. Se le erizaban los pelos del lomo y mostraba sus feroces y afilados dientes a los lobos.

Los lobos aullaban pero no podían entrar.

La casa era confortable. En la parte superior había un gran ático, un lugar agradable para jugar cuando la lluvia martilleaba en el tejado. Abajo se encontraban un pequeño dormitorio y un gran salón. El dormitorio de las niñas tenía una ventana con contraventanas de madera. El gran salón tenía cristales en las dos ventanas y había también dos puertas, una al frente y otra en la parte de atrás.

Alrededor de la casa, un vallado de estacas impedía la entrada a los osos y a los ciervos.

En el corral, frente a la casa, se alzaban dos hermosos y grandes robles. Todas las mañanas, en cuanto se despertaba, Laura corría a mirar por la ventana y en una ocasión vio en cada uno de los grandes árboles un ciervo muerto colgando de una rama.

Pa había cazado los ciervos el día anterior y Laura estaba ya dormida cuando él llegó a casa y colgó los animales en lo alto de los árboles para que los lobos no pudieran alcanzar la carne.

Aquel día, Pa, Ma, Laura y Mary tuvieron venado en la comida. Era tan sabroso que Laura deseó comérselo entero. Pero la mayor parte de la carne tenía que salarse y ahumarse y reservarla para el invierno, que ya se acercaba. Los días se acortaban y por las noches la escarcha cubría los cristales de la ventana. Pronto llegaría la nieve y entonces la casita de troncos quedaría casi enterrada por los ventisqueros de nieve, y el lago y los riachuelos se helarían. Durante el tiempo frío, Pa no tenía seguridad de encontrar caza para poder comer.

Los osos se ocultaban en sus cuevas en donde dormían profundamente todo el invierno. Las ardillas se acurrucaban en sus nidos dentro de los huecos de los árboles, abrigándose los hociquitos envueltos en sus peludas colas. Los ciervos y los conejos eran tímidos y rápidos. Y aunque Pa pudiera cazar un ciervo, sería delgado y huesudo y no gordo y rollizo como lo eran en otoño. Pa podría estar buscando caza todo un día en el Gran Bosque cubierto de nieve, soportando el frío intenso, y regresar a casa por la noche sin nada de comida para Ma, Mary y Laura. De modo que convenía almacenar en casa todo el alimento posible antes de que llegase el invierno.

Pa despellejó cuidadosamente los ciervos y saló y estiró

sus pieles que convertiría en un cuero fino. Después cortó la carne en pedazos y esparció sal por encima de los trozos mientras los iba dejando sobre una tabla. En un extremo del corral había un tronco hueco procedente de un gran árbol. Pa había clavado algunos clavos en su interior tan adentro como pudo alcanzar desde ambos extremos. Levantó entonces el gran tronco hueco, le puso un pequeño tejado en lo alto y cortó una abertura en un costado, cerca de la base. En la pieza cortada del tronco sujetó unos goznes de cuero, ajustó luego la pieza en su lugar y allí quedó una puertecilla conservando todavía la corteza.

Unos cuantos días después de haber salado la carne del ciervo, Pa hizo un agujero cerca de cada extremo del tronco y pasó un bramante por el agujero. Laura estuvo contemplándole mientras lo hacía y después observó cómo su padre colgaba la carne en los clavos en la cavidad del tronco, hacia arriba. Primero metió la mano por la puertecilla hasta donde pudo alcanzar para colgar la carne. Después apoyó una escalera contra el tronco, se encaramó en lo alto, apartó el tejado a un lado e introdujo carne hacia abajo, que colgó de los clavos en el interior. Colocó nuevamente el tejado, bajó de la escalera y dijo a Laura:

—Ve corriendo a la tajadera y tráeme algunas de aquellas astillas de «hickory»* verde, nuevas, limpias y blancas.

De modo que Laura corrió hacia el bloque donde Pa cortaba leña y se llenó el delantal de astillas frescas, de dulce olor.

Pa encendió entonces un fuego con pedacitos de corteza y musgo justo detrás de la puertecilla del tronco hueco y encima colocó cuidadosamente algunas astillas.

En vez de quemar rápidamente, las verdes astillas ardieron sin llama y llenaron de un humo denso y sofocante el

---

* El hickory es un árbol de la especie Caria, originario de América del Norte, que produce un fruto parecido a una nuez. Muy apreciado por su madera, dura, tenaz y resistente a los choques, es utilizado para herramientas y especialmente para ahumar la carne. (*N. del T.*)

hueco tronco. Pa cerró la puertecilla. Por la grieta de la abertura se filtró humo y por la parte superior del tejado también, pero la mayor parte quedó dentro, ahumando la carne.

—No hay nada mejor que el humo de hickory —exclamó Pa—. Eso hará una excelente carne de venado que se conservará en cualquier lugar, y a cualquier temperatura.

Después descolgó el rifle, y con el hacha al hombro se alejó por el claro para cortar algunos árboles más.

Laura y Ma vigilaron el fuego durante algunos días. Cuando el humo cesaba de filtrarse por las rendijas, Laura traía

más astillas de hickory y Ma las colocaba sobre el fuego, debajo de la carne. Siempre había un ligero olor a humo en el corral y cuando abrían la puertecilla del tronco salía un fuerte y humeante olor a carne.

Finalmente, Pa dijo que el venado ya estaba suficientemente ahumado. Dejaron que el fuego se apagase y Pa sacó todas las tiras y trozos de carne colgados dentro del tronco. Ma envolvió cuidadosamente con papel cada trozo y los colgó en el ático, en donde se conservarían secos y a salvo.

Una mañana, Pa se marchó antes del amanecer, con el carro y los caballos, y aquella noche regresó a casa cargado de pescado. La gran caja del carro estaba llena a rebosar y algunos de los peces eran casi tan grandes como Laura. Pa había ido al lago Pepin y los había pescado con una red.

Ma cortó grandes tiras de pescado blanco y escamoso, sin espinas, para Laura y Mary. Todos disfrutaron comiendo aquel excelente pescado. Salaron el resto y lo colocaron en barriles para el invierno.

Pa tenía un cerdo. Corría libremente por el Gran Bosque y vivía de bellotas, nueces y raíces. En una ocasión Pa lo agarró y lo encerró en una pocilga vallada con troncos, para que engordara. Lo mataría tan pronto como la temperatura fuese lo bastante fría para conservar el cerdo congelado.

Una vez, en medio de la noche, Laura se despertó y oyó que el cerdo chillaba. Pa saltó de la cama, cogió el rifle de la pared y corrió afuera. Laura oyó los disparos del rifle, una, dos veces.

Cuando Pa regresó contó lo que había sucedido. Había visto un gran oso negro de pie, al lado de la pocilga. El oso alargaba la pata para agarrar al cerdo, y éste iba de un lado a otro y chillaba. Pa lo vio a la luz de las estrellas y disparó rápidamente. Pero la luz era tenue y con las prisas no le acertó al oso, el cual se alejó corriendo hacia el bosque sin haber sufrido daño alguno.

Laura lamentó que su padre no le hubiera dado al oso. A ella le gustaba mucho la carne de oso. Pa también lo lamentó, pero dijo:

—De todos modos, salvé al cerdo.

El huerto detrás de la casa había estado creciendo durante todo el verano. Estaba tan cerca de la casa que los ciervos no se atrevían a saltar la valla para comerse las hortalizas y durante la noche *Jack* los mantenía alejados. Algunas veces, por la mañana se veían pequeñas huellas de pezuñas entre las zanahorias y las coles. Pero las huellas de *Jack* también estaban allí y los ciervos habían huido saltando nuevamente la valla.

Recogieron entonces las zanahorias, las remolachas, los nabos y las coles y lo almacenaron en la bodega, ya que habían llegado las noches heladas.

Hicieron largas ristras con las cebollas que trenzaron por los tallos para colgarlas en el ático junto a las coronas de pimientos rojos ensartados en hilos. Las calabazas y los frutos jugosos se amontonaban en los rincones del ático formando pilas anaranjadas, rojas y verdes.

Los barriles de pescado salado estaban en la despensa y los amarillentos quesos se guardaban en estantes también dentro de la despensa.

Cierto día llegó tío Henry montado en su caballo. Había venido para ayudar a Pa a matar el cerdo. El gran cuchillo de carnicero de Ma ya estaba afilado y tío Henry había traído el cuchillo de carnicero de tía Polly.

Pa y tío Henry encendieron una gran fogata cerca de la pocilga y calentaron encima una enorme olla de agua. Cuando el agua hirvió se dispusieron a matar al cerdo. Laura corrió a esconder la cabeza en la cama y a taparse las orejas con los dedos para no oír los chillidos del animal.

—No le duele, Laura —dijo Pa—. Lo hacemos rápido.

Pero Laura no quería oír chillar al cerdo.

Al cabo de un minuto separó cautelosamente un dedo de la oreja y escuchó. El cerdo ya no chillaba. Después de ese momento la matanza era muy divertida.

Era un día muy atareado con tantas cosas por ver y por hacer. Tío Henry y Pa estaban contentos, en el almuerzo habría costillas de cerdo, y Pa les había prometido a Laura y a Mary la vejiga y la cola.

Tan pronto como el cerdo murió, Pa y tío Henry lo metieron dentro del agua hirviendo hasta escaldarlo perfectamente. Después lo dejaron sobre una tabla y lo rasparon con sus cuchillos hasta que saltaron todas las cerdas. Lo colgaron de un árbol y le sacaron las tripas, dejándolo allí para que se enfriara.

Una vez frío lo descolgaron y lo descuartizaron. Había jamones y espaldas, costados y costillas, y el vientre. Separaron el corazón, el hígado, la lengua y la cabeza para hacer queso de cerdo, y llenaron la sartén con pedacitos que se convertirían en embutido.

Dejaron la carne sobre un tablón en el cobertizo trasero y salaron cada una de las piezas. Los jamones y las espaldas se pusieron en salmuera para ser ahumadas como el ciervo en el tronco hueco.

—No hay nada mejor que jamón curado con hickory —dijo Pa.

Sopló para hinchar la vejiga. Hizo un pequeño globo blanco, ató fuertemente el extremo con un cordel y lo dio a Mary y a Laura para que jugasen con él. Las niñas lo lanzaban al aire y se lo arrojaban de una a otra con las manos o bien lo botaban en el suelo y podían chutarlo. La cola del cerdo era aún más divertida que el globo.

Pa la despellejó con cuidado para ellas y en el extremo mayor introdujo un palo afilado. Ma abrió la puerta del horno y metió dentro carbones encendidos. Laura y Mary girarían por turno la cola del cerdo sobre las brasas.

Chisporroteaba y se freía y caían gotas de grasa que resplandecían ardientes sobre las brasas. Ma le echó sal. Las manos y las caras de Laura y de Mary se colorearon y Laura incluso se quemó en un dedo, pero estaba de tal modo excitada que no le importó. Asar la cola del cerdo era tan divertido que les resultaba difícil no hacer trampa y respetar el turno.

Finalmente estuvo hecha. Tenía un bonito color tostado, en toda su extensión y ¡lo bien que olía! La sacaron al patio para que se enfriara pero en su impaciencia comenzaron a probarla y se quemaron la lengua.

Comieron hasta el último pedacito apurando los huesos que después dieron a *Jack*. Y aquello fue el final de la cola del cerdo. No habría otra cola hasta el año siguiente.

Tío Henry regresó a su casa después de comer y Pa reanudó su tarea en el Gran Bosque. Pero en cuanto a Laura, Mary y Ma, el tiempo de la matanza apenas había comenzado. A Ma le esperaba mucho trabajo y Laura y Mary debían ayudarla.

Todo aquel día y el siguiente Ma estuvo extrayendo la manteca de cerdo en grandes cazos de hierro sobre el fogón. Laura y Mary traían leña y vigilaban el fuego. Tenía que estar caliente, pero no mucho, pues la manteca se quemaría. Los grandes cazos hervían a fuego lento pero no debían humear. De vez en cuando Ma sacaba con la espumadera los chicharrones tostados. Los colocaba en un paño y escurría hasta la última gota de manteca. Dejaba después los chicharrones a un lado. Los aprovecharía más tarde para dar sabor al pastel «Johnny».

Los chicharrones eran muy sabrosos pero Laura y Mary solamente podían probarlos. Eran demasiado sustanciosos para niñas pequeñas, decía Ma.

Ma raspó y limpió cuidadosamente la cabeza y la hirvió después hasta que toda la carne se desprendió de los huesos. Con el cuchillo de trinchar cortó delgada la carne y la condimentó con pimienta, sal y especias. Una vez fría la cortaría en lonchas, y aquello era el queso de cerdo.

Los pedacitos de carne, magra y grasa, se habían cortado de los trozos grandes. Ma trinchó y trinchó hasta que todo quedó finamente picado. Lo condimentó con sal y pimienta y con hojas secas de salvia recogidas del huerto. Después le dio vueltas con las manos y lo removió hasta que estuvo bien mezclado e hizo pequeñas bolas. Colocó las albóndigas en una sartén, en el cobertizo, para que se congelaran y sirvieran para comer durante el invierno. Aquello era la carne del embutido.

Cuando el tiempo de la matanza acabó, tenían embutidos y queso, grandes jarras con manteca y un barril lleno de tocino salado en el cobertizo. En el ático estaban colgados los jamones y las espaldas ahumados.

En la casita abundaba la buena comida almacenada para el largo invierno. La despensa, el cobertizo y la bodega estaban llenos, y también el ático.

Laura y Mary tenían que jugar dentro de la casa, ya que fuera hacía frío y de los árboles caían las hojas mustias. El fuego del fogón jamás se apagaba. Por las noches, Pa lo cubría con cenizas para mantener encendidas las brasas hasta el día siguiente.

El ático era un buen lugar para jugar. Las grandes calabazas, redondas y coloreadas, figuraban hermosas mesas y sillas. Los pimientos rojos y las cebollas colgaban de lo alto. Los jamones y el ciervo pendían en sus envoltorios de papel, y las olorosas hierbas para cocinar y las hierbas amargas para medicina llenaban aquel lugar de un impalpable olor picante.

A menudo el viento aullaba en el exterior con un sonido frío y solitario. Pero en el ático Laura y Mary jugaban a casitas con las frutas y las calabazas, y todo era confortable y cálido.

Mary era mayor que Laura y tenía una muñeca de trapo que se llamaba Nettie. Laura tenía únicamente una mazorca de maíz que envolvía en un pañuelo, pero era una buena muñeca. Se llamaba Susan. No era culpa de Susan ser sólo una mazorca. Algunas veces Mary permitía que Laura sostuviera a Nettie, pero ella lo hacía únicamente cuando Susan no podía verla.

Los mejores momentos eran por la noche. Después de

cenar, Pa traía sus trampas del cobertizo para engrasarlas junto al fuego. Las frotaba hasta sacarles brillo y engrasaba los goznes de las bocas y los muelles de los arcos con una pluma hundida en grasa de oso.

Tenía trampas pequeñas y trampas medianas, y grandes trampas para osos con enormes dientes en la bocaza, que romperían la pierna de un hombre si acaso lo atrapaban, según decía Pa.

Después de engrasar las trampas, Pa contaba a Laura y a Mary chistes y cuentos y después tocaba el violín.

Las puertas y las ventanas estaban fuertemente cerradas y las grietas de los marcos de las ventanas se rellenaban con trapos para que el frío no penetrase, pero la *Negra Susana*, la gata, entraba y salía a su gusto, de día y de noche, a través de la puertecilla balanceante de la gatera, en la parte baja de la puerta de la casa. Siempre salía con rapidez para que la puerta no le atrapara la cola cuando se cerraba de golpe detrás de ella.

Una noche, mientras Pa engrasaba las trampas, observó a la *Negra Susana* que entraba y dijo:

—Había una vez un hombre que tenía dos gatos, un gato grande y un gato pequeño.

Laura y Mary corrieron a apoyarse en sus rodillas y se dispusieron a escuchar el resto.

—Ese hombre tenía dos gatos —repitió Pa—: un gato grande y un gato pequeño. De modo que abrió una gran gatera en la puerta para el gato grande. Y después hizo una gatera pequeña para el gato pequeño.

Pa calló entonces.

—Pero... ¿por qué el gato pequeño no podía...? —comenzó a preguntar Mary.

—Porque el gato grande no lo permitiría —interrumpió Laura.

—Laura, eso es muy descortés. Nunca debes interrumpir —dijo Pa—. Pero ya veo —añadió— que vosotras dos tenéis más sentido común que el hombre que cortó dos gateras en su puerta.

Dejó entonces las trampas, sacó el violín del estuche y comenzó a tocar. Aquéllos eran los mejores momentos.

Capítulo dos

DÍAS Y NOCHES DE INVIERNO

Llegaron las primeras nieves y el frío penetrante. Cada mañana Pa salía con su rifle y sus trampas y permanecía todo el día en el Gran Bosque colocando las trampas pequeñas, para ratas almizcleras y armiños, cerca de los riachuelos, y las trampas medianas, para zorros y lobos, en los bosques. Preparaba las trampas grandes para osos confiando en poder atrapar un oso enorme antes de que todos se refugiaran en sus madrigueras para pasar el invierno.

Una mañana regresó pronto a casa, preparó los caballos y el trineo y volvió a marcharse apresuradamente. Le había disparado a un oso. Laura y Mary saltaban de un lado a otro y aplaudían de alegría. Mary gritaba:

—¡Yo quiero el palillo! ¡Yo quiero el palillo!

Ella no sabía lo grande que era el hueso que llamaban palillo de un oso.

Cuando Pa regresó traía en el trineo un oso y un cerdo. Había estado recorriendo el bosque, llevando en las manos una gran trampa y el rifle colgado del hombro, cuando al dar la vuelta a un gran pino cubierto de nieve encontró al oso detrás de un árbol.

El animal había matado a un cerdo y estaba a punto de comérselo. Pa contó que el oso estaba de pie sobre sus patas traseras sosteniendo el cerdo con las patas delanteras, como si lo llevara en brazos.

Pa disparó pero no había modo de saber de dónde procedía el cerdo ni de quién era.

—De modo que lo he traído a casa —dijo Pa.

Tuvieron carne fresca en abundancia durante un largo tiempo. Los días y las noches eran tan frías que el tocino en una caja y la carne del oso colgada en el pequeño cobertizo cerca de la puerta trasera, se congelaron y se conservaron.

Cuando Ma quería carne fresca para la comida, Pa asía el hacha y cortaba un pedazo de carne de oso congelada, o de tocino. Pero las albóndigas de cerdo, o el tocino salado, o los jamones ahumados y el ciervo, Ma podía retirarlos por sí misma del cobertizo o del ático.

La nieve caía sin cesar y se amontonó contra la casa. Por las mañanas, los cristales de la ventana estaban cubiertos de hielo, que formaba bellos dibujos de árboles, flores y hadas.

Ma contó que Jack Frost venía durante la noche y dibujaba mientras todos dormían. Laura pensaba que Jack Frost era un hombrecillo blanco como la nieve, que llevaba un gorro blanco, brillante y puntiagudo, y botas blancas hasta las rodillas, hechas de suave piel de ciervo. Su abrigo era blanco y también los guantes que usaba, y no llevaba arma alguna en la espalda, pero tenía en las manos unas relucientes herramientas afiladas con las que grababa los dibujos.

Ma prestaba su dedal a Laura y a Mary para que dibujasen lindos modelos o círculos en el hielo del cristal. Pero jamás estropeaban los dibujos que Jack Frost había hecho durante la noche.

Cuando acercaban sus bocas al cristal y echaban el aliento, el hielo blanco se derretía y corría formando regueros. Entonces podían ver los montones de nieve y los grandes árboles oscuros y sin hojas que proyectaban sus sombras azuladas sobre la blanca nieve.

Laura y Mary ayudaban a Ma en el trabajo. Cada mañana tenían que secar los platos. Mary secaba más platos que Laura porque era mayor, pero Laura siempre secaba cuidadosamente su taza y su plato.

Cuando estaban secos y guardados, aireaban su cama. Después, colocándose una a cada lado, estiraban los cobertores, las sábanas las remetían bien por los costados y los extremos, ahuecaban las almohadas y las dejaban en su sitio. Entonces Ma empujaba la cama de ruedas hacia dentro, debajo de la cama grande.

Hecho esto comenzaban las labores diarias. Todos los días el trabajo era diferente. Ma solía decir:

> Lavar el lunes,
> planchar el martes,
> remendar el miércoles,
> hacer mantequilla el jueves,
> limpiar el viernes,
> asar el sábado y
> descansar el domingo.

A Laura le gustaba hornear y hacer mantequilla más que las otras labores de la semana.

En invierno, la crema de leche no era amarilla como en verano, y la mantequilla era blanca y no tan bonita. A Ma le gustaba que todo lo que pusiera sobre la mesa fuese bonito, de modo que en invierno daba color a la mantequilla.

Después de poner la crema en una gran mantequera de cerámica y de colocarla cerca de la estufa para que se calentara, Ma lavaba y rascaba una larga zanahoria de color naranja. La raspaba después en el fondo de una vieja sartén de estaño con agujeros que Pa le había preparado punzándola con clavos. Ma frotaba la zanahoria contra los agujeros rasposos y cuando levantaba la sartén debajo quedaba un montón suave y jugoso de zanahoria rallada.

Colocaba la ralladura sobre la estufa dentro de un pequeño cazo de leche y cuando la leche se calentaba lo vertía todo dentro de una bolsa de trapo. Entonces escurría la leche amarillenta dentro de la mantequera, en donde daba color a la crema de leche. Ahora la mantequilla sería amarilla.

A Laura y a Mary se les permitía comer la ralladura cuando se había escurrido la leche. Mary creía que a ella le correspondía la porción más grande por ser la mayor, y Laura decía que le correspondía a ella porque era la más pequeña. Pero Ma ordenaba entonces que la dividieran en partes iguales. Era muy buena.

Cuando la crema estaba a punto, Ma escaldaba el largo palo de madera para batir, lo colocaba en la mantequera y dejaba caer encima la tapa, también de madera, que tenía un agujero redondo en el centro, y movía la batidora arriba y abajo a través del agujero.

Precisaba mucho tiempo hacer la mantequilla. En ocasiones, Mary también batía mientras Ma descansaba, pero para Laura el palo era demasiado largo.

En primer lugar surgían salpicones de crema espe-

sos y suaves alrededor del pequeño agujero. Transcurrido un largo rato salían más densos y Ma entonces agitaba con más lentitud, y en la batidora comenzaban a aparecer granitos diminutos de mantequilla amarilla.

Entonces Ma destapaba la batidora y allí aparecía la mantequilla formando un montón dorado ahogándose en la leche sobrante. Ma sacaba la masa de mantequilla con una pala de madera, la ponía en un cuenco de madera y la lavaba muchas veces en agua fría, dándole vueltas y más vueltas hasta que el agua salía limpia. Finalmente la salaba.

Entonces venía la mejor parte de la tarea. Ma moldeaba la mantequilla. En la parte suelta del fondo de un molde de madera, había grabada una fresa con dos hojas. Ma llenaba el molde con la pala, apretando hasta llenarlo. Luego le daba

la vuelta encima de un plato y manejaba la manecilla del fondo desmontable. El pequeño y firme pastelillo de dorada mantequilla se soltaba, con el dibujo de la fresa y las hojas en la parte superior.

Laura y Mary contemplaban, embelesadas, una a cada lado de Ma, cómo las porciones doradas de mantequilla, cada una con su dibujo de fresa, caían en el plato mientras Ma iba rellenando el molde.

Después les daba a las niñas un vaso de la fresca y buena leche sobrante.

Los sábados, cuando Ma cocía el pan, cada una de ellas recibía un poco de masa para hacer un panecillo. También les daba un poco para hacer galletas, y una vez Laura incluso hizo una torta en su molde de empanadas.

Terminado el trabajo del día, algunas veces Ma les recortaba muñecas de papel. Les hacía las muñecas en grueso papel blanco y dibujaba sus caras con un lápiz. Después,

con trozos de papel de colores, recortaba vestidos y sombreros, cintas y encajes, de modo que Laura y Mary pudieran vestir primorosamente a sus muñecas.

Pero el mejor momento era por las noches, cuando Pa regresaba a casa. Volvía, después de recorrer los bosques nevados, con pequeños carámbanos colgando de las puntas de su bigote. Solía colgar el rifle en la pared, encima de la puerta, sacarse el gorro de piel, la chaqueta y los guantes, y vocear:

—¿Dónde está mi pequeña media pinta de sidra dulce a medio beber?

Se refería a Laura porque era muy pequeña.

Laura y Mary corrían para encaramarse en sus rodillas y permanecer allí quietas mientras él se calentaba junto al fuego. Después, Pa se ponía nuevamente el chaquetón y salía a su quehacer, para acarrear suficiente leña para el fuego.

Algunas noches, cuando Pa había recorrido rápidamente sus trampas porque estaban vacías, o cuando había conseguido alguna caza antes de lo usual, regresaba a casa temprano. Entonces tenía tiempo para jugar con Laura y Mary.

Uno de los juegos que las entusiasmaba se llamaba «perro loco». Pa metía los dedos entre su espeso cabello castaño, y lo erizaba. Después se ponía de cuatro patas y gruñía, mientras perseguía a Laura y a Mary por la habitación, intentando acorralarlas en donde no pudieran escapar.

Ellas eran rápidas en esquivarle y correr, pero una vez él las acorraló contra el baúl, detrás de la estufa. No podían pasar por el lado de Pa y no había otra salida.

En aquel momento, Pa gruñó de un modo tan terrible, su cabello estaba tan salvajemente erizado y sus ojos eran tan fieros, que todo parecía real. Mary estaba tan asustada que no podía moverse. Al acercarse Pa, Laura chilló y dio un gran salto por encima del baúl arrastrando a Mary consigo.

De repente ya no hubo ningún perro loco. Allí estaba únicamente Pa, de pie, brillantes los ojos, mirando a Laura.

—¡Vaya! —exclamó—. No eres más que una media pinta de sidra a medio beber pero, ¡por Jinks! ¡Eres tan fuerte como un caballo percherón!

—No deberías asustar a las niñas de ese modo, Charles —dijo Ma—. Mira sus ojos atemorizados.

Pa las miró y tomó el violín. Comenzó a tocar y a cantar.

Yankee Doodle fue a la ciudad
llevando sus pantalones a rayas,
Juró que no pudo ver la ciudad
porque había muchas casas.

Laura y Mary se olvidaron completamente del perro loco.

Y allí vio grandes cañones
enormes como troncos de arce,
para guiarlos, cada vez
necesitaban dos yuntas de bueyes.
Y para dispararlos, cada vez
un cuerno de pólvora era necesario.
Hacían un ruido como el arma de papá,
pero aumentado mil veces.

Pa marcaba el compás con los pies. Laura daba palmadas siguiendo la música cuando Pa cantó:

Y yo cantaré Yanqui Doodle-di-do,
y yo canté Yanqui Doodle,
y yo canté Yanqui Doodle-di-do
y yo cantaré Yanqui Doodle.

Solos en el Gran Bosque salvaje, con la nieve y el frío, la pequeña casa de troncos era cálida, acogedora y agradable. Pa, Ma, Mary, Laura y Bebé Carrie vivían confortablemente y eran felices allí, especialmente por las noches.

El fuego brillaba en el hogar. El frío, la oscuridad y las bestias salvajes estaban fuera y no podían entrar, y *Jack*, el perro manchado, y la *Negra Susana*, la gata, yacían tumbados ante las llamas del hogar.

Ma se sentaba en la mecedora y cosía a la luz de la lámpara, colocada encima de la mesa. La lámpara era luminosa y reluciente. En el fondo del depósito de vidrio, con el queroseno, había sal para evitar que aquél explotase, y entre la sal se veían pedacitos de franela roja puestos como adorno. Era bonito.

A Laura le gustaba contemplar la lámpara, con su chimenea de vidrio, tan limpia y brillante, su llamita amarilla quemando con tanta firmeza y su depósito de queroseno transparente, coloreado de rojo por los pedacitos de franela. Le gustaba contemplar el fuego en el hogar, vacilante y cambiando de forma continuamente, con sus llamas amarillas y rojas, algunas veces verdes, encima de los leños y flotando azules por encima de las brasas doradas y de color rubí.

Y entonces Pa contaba historias.

Cuando Laura y Mary le rogaban que contase una historia, él las sentaba en sus rodillas y con sus patillas largas les hacía cosquillas en la cara y las hacía reír alegremente. Los ojos de Pa eran azules y festivos.

Una noche, Pa miró a la gata *Negra Susana* que se estiraba delante del fuego, sacando y escondiendo sus garras, y preguntó:

—¿Sabéis que una pantera es un gato?

—No —respondió Laura.

—Bueno, pues lo es —dijo Pa—. Imaginaos a la *Negra Susana* mayor y más feroz que *Jack* cuando gruñe. La gata sería entonces exactamente igual a una pantera.

Acomodó a Laura y a Mary en sus rodillas y continuó:

—Os voy a contar sobre el abuelo y la pantera.

—¿Tu abuelo? —preguntó Laura.

—No, Laura, tu abuelo. Mi padre.

—¡Oh! —exclamó Laura. Y se acurrucó un poco más junto al brazo de Pa. Ella conocía a su abuelo. Vivía lejos, en el Gran Bosque, en una gran casa de troncos. Pa empezó:

LA HISTORIA DEL ABUELO
Y LA PANTERA

—Vuestro abuelo fue un día a la ciudad y regresaba tarde a casa. Ya había oscurecido cuando cruzaba el Gran Bosque a caballo. Era tan oscuro que casi no veía el camino. De pronto oyó el chillido de una pantera, y se asustó, pues no llevaba ningún arma.

—¿Cómo chilla una pantera? —preguntó Laura.

—Como una mujer —respondió Pa—. Así —y lanzó un chillido que llenó de terror a Mary y a Laura.

Ma dio un salto en su mecedora y exclamó:

—¡Por compasión, Charles!

Pero a Laura y a Mary les encantaba asustarse de aquel modo.

—El caballo, con el abuelo encima, trotaba rápido, pues también se había asustado. Pero no pudo alejarse de la pantera que les seguía por el oscuro bosque. Era una pantera hambrienta y corría tanto como el caballo. Tan pronto chillaba desde un lado del camino como desde el otro, y siempre estaba cerca, detrás de ellos.

«El abuelo cabalgaba inclinado sobre la silla e incitaba al caballo a correr más y más rápidamente. El caballo corría tanto como le era posible pero la pantera continuaba chillando cerca, detrás de ellos. Entonces el abuelo pudo verla, cuando la pantera saltó de un árbol a otro, casi encima de ellos.

»Era una enorme pantera negra que saltaba por el aire como hace la *Negra Susana* cuando salta encima de un ratón. Era muchas veces, muchísimas veces mayor que la *Negra Susana*. Era tan enorme que si hubiera saltado sobre el abuelo lo habría podido matar con sus enormes garras como cuchillos y sus largos dientes puntiagudos.

»El abuelo, sobre su caballo, huía de la pantera del mismo modo que un ratón huye de un gato.

»La pantera ya no chillaba. El abuelo no la veía. Pero él sabía que ella se acercaba, dando grandes saltos en el oscuro bosque, persiguiéndole. El caballo galopaba con todas sus fuerzas.

»Por fin, el caballo llegó a casa del abuelo. Éste vio que la pantera se preparaba para atacar. Saltó del caballo, al lado de la puerta. Cruzó veloz el umbral y cerró la puerta de golpe detrás de él. La pantera se lanzó al lomo del caballo, justo donde había estado antes el abuelo.

»El caballo chilló terriblemente y echó a correr. Corría nuevamente hacia el Gran Bosque, con la pantera cabalgando en su lomo, desgarrándole la carne con sus zarpas. Pero el abuelo descolgó el rifle de la pared y fue a la ventana justo a tiempo para matar a la pantera de un balazo.

»El abuelo juró que jamás pasaría por el Gran Bosque sin su rifle.

Cuando Pa terminó de contarles esta historia, Mary y Laura se estremecieron y se acurrucaron junto a su padre. Ellas se sentían seguras y cómodas sobre sus rodillas, rodeadas por el fuerte brazo de su padre.

Les gustaba estar allí, ante el fuego del hogar, con la *Negra Susana* ronroneando cerca y el bueno de *Jack*, el perro, tumbado al lado de la gata. Cuando se oyó el aullido de un lobo, *Jack* levantó la cabeza y los pelos del lomo se le erizaron. Pero Laura y Mary oyeron aquel sonido solitario en la oscuridad y el frío del Gran Bosque y no sintieron miedo alguno.

Estaban seguras y confortables en su pequeña casa de troncos con la nieve revoloteando a su alrededor y el viento que gemía porque no podía penetrar en la casa para estar junto al fuego.

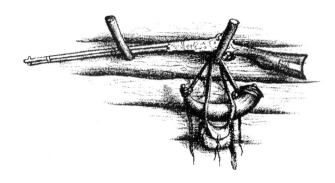

Capítulo tres

EL LARGO RIFLE

Todas las noches, antes de empezar a contar historias, Pa fabricaba las balas para la caza del día siguiente.

Laura y Mary le ayudaban. Ellas le traían una gran cuchara de mango largo, la caja llena de fragmentos de plomo y el molde de la bala. Después, mientras él se agachaba delante del hogar y fabricaba las balas, ellas se sentaban junto a él, una a cada lado, y le observaban.

En primer lugar, Pa derretía los fragmentos de plomo en la gran cuchara que sostenía sobre las brasas. Cuando el plomo se había derretido lo vertía con cuidado de la cuchara al molde de la bala, introduciéndolo por el pequeño agujero. Esperaba un minuto y abría después el molde y de allí salía una bala brillante que dejaba en el hogar.

La bala estaba demasiado caliente para asirla con las manos pero su brillo era tan tentador que Laura o Mary no podían evitar tocarla. Entonces se quemaban los dedos. No obstante, no soltaban ni una palabra, porque Pa les había dicho que nunca tocasen una bala recién hecha. Si se quemaban los dedos era por culpa suya: hubieran debido hacerle caso. De modo que se metían los dedos en la boca para enfriarlos, y contemplaban cómo Pa fabricaba más balas.

Habría un buen montón de relucientes balas frente el hogar antes de que Pa lo acabase. Las dejaba enfriar y después, con su cuchillo, pulía los pequeños rebordes que el agujero había dejado en el molde. Recogía los diminutos pedazos de plomo y los guardaba cuidadosamente para fundirlos nuevamente la próxima vez que hiciera balas.

Las balas recién fabricadas las ponía en su cartuchera. Era una pequeña bolsa que Ma le había confeccionado con la piel de una cabra que Pa había matado de un balazo.

Una vez terminadas las balas, Pa tomaba el rifle y lo limpiaba. Estando casi todo el día en el bosque nevado, podía estar un poco húmedo, y seguro que el interior del cañón estaba sucio por el humo de la pólvora.

De modo que Pa sacaba la baqueta de su lugar, debajo del cañón del rifle, y ataba en su extremo un trozo de tela limpia. Apoyaba la culata en un cazo, en el hogar, y vertía el agua hirviendo, que tenía en la tetera, dentro del cañón. Después, rápidamente, introducía la baqueta y frotaba arriba y abajo, mientras el agua caliente se oscurecía por el humo de la pólvora y salía por el agujerito donde se colocaba la cápsula cuando el arma estaba cargada.

Pa continuaba vertiendo agua dentro del cañón del rifle y limpiándolo con el trapo que envolvía la baqueta hasta que el agua salía clara. Entonces el rifle ya estaba limpio. El agua debía de estar hirviendo en todo momento, para que el acero caliente se secara al instante.

Después Pa sujetaba otro trapo limpio y engrasado en la baqueta y mientras el cañón del rifle estaba aún caliente, engrasaba bien su interior. Con otro trapo limpio, untado, frotaba por fuera hasta que toda la superficie estaba engrasada y resbaladiza. Después frotaba y pulía la culata hasta que la madera también brillaba lustrosa.

Entonces ya estaba a punto para cargar nuevamente el rifle y Laura y Mary le ayudaban. En pie, erguido y alto, apoyando la culata en el suelo, Laura y Mary se colocaban a ambos lados de Pa y él decía:

—Ahora, observad bien y decidme si me equivoco.
De modo que ellas vigilaban atentamente, pero él nunca
cometía ningún error.

Laura le entregaba el cuerno de vaca, suave y pulido,
lleno de pólvora. Un pequeño tapón de metal tapaba la parte
superior. Pa llenaba de pólvora el tapón y vertía la pólvora
por el cañón. Sacudía un poco el rifle, y propinaba golpecitos
en el cañón para asegurarse de que toda la pólvora cayera al
fondo.

—¿Dónde está la caja de parches? —preguntaba, y Mary le entregaba una pequeña caja de hojalata llena de pedacitos de tela engrasada.

Pa colocaba uno de los pedazos engrasados sobre la boca del cañón, ponía una de las nuevas balas relucientes encima y con la baqueta empujaba la bala y el trapito por el cañón. Después, los machacaba vigorosamente contra la pólvora. Al golpearlos con la baqueta, ésta rebotaba en el cañón del rifle y Pa la empujaba nuevamente hacia dentro. Lo hacía durante un largo rato. Después volvía la baqueta a su lugar, bajo el cañón del rifle. Sacaba una caja de cápsulas de su bolsillo, alzaba el martillo del arma y deslizaba una de las pequeñas balas relucientes encima de la pieza hueca cilíndrica que estaba debajo del martillo. Bajaba el martillo, lentamente y con mucho cuidado. Si lo hubiera bajado con rapidez —¡bang!— el rifle se hubiera disparado.

Ahora el rifle estaba cargado y Pa lo colgaba en unos ganchos, encima de la puerta.

Cuando Pa estaba en casa el arma siempre estaba colocada horizontalmente, colgando de los dos ganchos de madera encima de la puerta. Pa había fabricado esos ganchos

con una rama verde, usando su cuchillo e introduciendo los extremos firmes dentro de unos agujeros en el tronco. Las puntas curvadas hacia arriba sostenían segura el arma.

El rifle estaba siempre cargado encima de la puerta para que Pa pudiera descolgarlo rápida y fácilmente en cualquier momento que lo necesitara.

Cuando Pa salía al Gran Bosque siempre se aseguraba de que la cartuchera estuviera llena de balas, y de que la caja de parches y la caja de cápsulas estuvieran también en su bolsillo. El cuerno con la pólvora y una pequeña hacha bien afilada colgaban de su cinturón y él llevaba en el hombro el rifle a punto.

Siempre recargaba el arma inmediatamente después de haberla disparado, pues, según decía, no quería enfrentarse a ningún problema con el arma vacía.

Cada vez que disparaba contra un animal salvaje tenía que pararse y cargar el rifle —medir la pólvora, meterla dentro y agitarla, introducir el parche y la bala, apretarlos bien en el fondo y colocar entonces una cápsula nueva debajo del martillo—, antes de poder disparar de nuevo. Si disparaba contra un oso o una pantera, tenía que abatirlos al primer disparo, ya que un oso o una pantera heridos podían matar a un hombre antes de que tuviera tiempo de cargar nuevamente el arma.

Pero Laura y Mary no sentían ningún miedo cuando Pa iba al Gran Bosque. Ellas sabían que Pa podía matar osos y panteras al primer disparo.

Después de fabricar las balas y de cargar el rifle, había llegado el momento de contar historias.

—Háblanos de la voz en el bosque —le pedía Laura.

Pa la miraba arrugando el ceño.

—¡Oh, no! —dijo—. No querrás que te hable de aquel tiempo en que yo era un muchacho travieso.

—¡Oh, sí!, lo queremos —insistieron Mary y Laura. De modo que Pa comenzó:

HISTORIA DE PA
Y LA VOZ DEL BOSQUE

«Cuando yo era un mozalbete, no mucho mayor que Mary, tenía que ir cada tarde al bosque a recoger las vacas y conducirlas a casa. Mi padre me había ordenado que nunca me entretuviera jugando por el camino, sino que me apresurara a traer las vacas a casa antes de oscurecer, pues en el bosque había osos, lobos y panteras.

Un día me fui antes de lo acostumbrado, de modo que pensé que no tenía por qué apresurarme. Había tantas cosas que observar en el bosque que me olvidé de que se acercaba la noche. Había ardillas rojas en los árboles, ardillas listadas que se deslizaban entre las hojas, y grupos de conejillos que jugaban en los claros. Los conejillos, sabéis, siempre juegan en grupo antes de ir a dormir.

Imaginé que yo era un gran cazador que perseguía a los animales salvajes y a los indios. Jugaba a luchar contra los indios hasta que el bosque me pareció lleno de hombres salvajes, y, entonces, de golpe, oí a los pajarillos que piaban las «buenas noches». Había penumbra en el camino y el bosque estaba oscuro.

Sabía que tenía que conducir las vacas rápidamente a casa o ya sería negra noche antes de estar encerradas y seguras en el establo. ¡Pero no pude encontrar las vacas!

Sentí miedo de la oscuridad y de las bestias salvajes pero

no me atrevía a regresar a casa y presentarme ante mi padre sin las vacas. De modo que corrí por el bosque, buscando y gritando. Y mientras tanto, las sombras se hacían más densas y más oscuras, el bosque parecía mayor y los árboles y los matorrales tenían un aspecto extraño.

No pude encontrar las vacas en parte alguna. Subí colinas, buscándolas y gritando, y bajé a oscuros barrancos, gritando y mirando. Me detenía y escuchaba esperando oír los cencerros pero no oía ningún ruido, solamente el susurro de las hojas.

Oí entonces una respiración fuerte y pensé que había una pantera cerca, en la oscuridad, detrás de mí. Pero era solamente mi propia respiración.

Los espinos me habían arañado las piernas desnudas y las ramas de los arbustos me golpeaban al cruzarlos. Pero yo continuaba corriendo, mirando y gritando ¡Sukey! ¡Sukey!

—¡Sukey! ¡Sukey! —gritaba con todas mis fuerzas—. ¡Sukey!

Justo encima de mi cabeza escuché una voz:

—Uuuh...

Los pelos se me pusieron de punta.

—Uuuh... uuuh —oí nuevamente. Y, entonces,... ¡*cómo* corrí!

Me olvidé por completo de las vacas. Solamente ansiaba salir del bosque oscuro y llegar a casa.

Aquella cosa en la oscuridad iba siguiéndome y dijo de nuevo:

—Uuuuh...

Yo corría y corría con todas mis fuerzas. Corrí hasta perder el aliento pero no me detuve. Algo me pilló el pie y caí. Me levanté de un salto y *corrí* como nunca. Ni un lobo hubiera podido alcanzarme.

Finalmente, salí del oscuro bosque, junto al corral. Y allí estaban todas las vacas, esperando que les abrieran la valla. Les abrí el paso, y corrí hacia la casa.

Mi padre levantó la mirada y me dijo:

—Jovencito ¿cómo es que regresas tan tarde? ¿Te has entretenido jugando por el camino?

Yo bajé la mirada hacia mis pies y vi que una uña del dedo gordo se me había roto por completo. Con el gran espanto no me había dolido hasta aquel mismo momento.»

Pa siempre se detenía en aquel momento de la historia y esperaba hasta que Laura decía:

—¡Acaba, padre! Por favor, continúa.

—Bien —asentía Pa.

«Entonces, vuestro abuelo salió al corral y cortó una rama gruesa. Volvió a entrar en la casa y me dio una buena paliza para que después de aquello me acordase de obedecerle.»

—Un muchacho de nueve años ya ha crecido lo suficiente para recordar que se debe obedecer —dijo—. Hay una buena razón para hacer lo que os digo que hagáis —continuó—, y si hacéis lo que se os manda, no os sucederá nada malo.

—Sí, sí, Pa —solía decir Laura, saltando en la rodilla de Pa—. Y, entonces ¿qué dijo el abuelo?

—Me dijo: «Si me hubieras obedecido, como debías hacerlo, no hubieras estado en el Gran Bosque después de oscurecer, ni te hubiera asustado el chillido de un búho».

Capítulo cuatro

NAVIDAD

Llegaba la Navidad.

La casita de troncos estaba casi enterrada en la nieve. Junto a sus paredes y ventanas se apilaban grandes montones de nieve, y por las mañanas, cuando Pa abría la puerta, encontraba una pared de nieve tan alta como Laura. Con una pala Pa quitaba la nieve, abriendo a continuación un camino hasta el establo en donde los caballos y las vacas estaban cómodos y bien calientes en sus casillas.

Los días eran claros y espléndidos. Laura y Mary se acomodaban en sillas junto a la ventana y contemplaban los árboles brillantes a través de la fulgurante nieve que se amontonaba sobre sus ramas oscuras y desnudas y resplandecía al sol. De los aleros de la casa colgaban grandes carámbanos, tan largos como la parte superior del brazo de Laura. Eran como cristal y llenos de luces centelleantes.

El aliento de Pa quedaba suspendido en el aire como humo cuando regresaba por el camino desde el establo. Al respirar formaba nubecillas que se helaban y dejaban escarcha blanca sobre su bigote y su barba.

Al entrar, Pa sacudía la nieve de sus botas y agarraba a Laura como un oso y la apretaba contra su chaquetón enorme y frío, y en el bigote de Pa Laura veía pequeñas gotas de la escarcha que iba derritiéndose.

Todas las noches Pa estaba atareado trabajando en una pieza de madera grande y en dos pequeñas. Las rebajaba con su cuchillo, las frotaba con papel de lija y con la palma de la mano hasta que Laura las tocaba y las notaba tan suaves y lisas como la seda.

Entonces, con su navajita, Pa trabajaba los pedazos, cortando los bordes de la pieza grande, formando pequeños picos y torres, con una gran estrella tallada en el punto más alto. Hacía pequeños agujeros en la madera. Los agujeros tenían forma de pequeñas ventanas, estrellas y lunas crecientes y círculos. Alrededor tallaba pequeñas hojas, flores y pájaros.

Cortó una bonita curva en una de las tablas pequeñas y esculpió hojas, flores y estrellas en los bordes y vació la madera en forma de lunas crecientes y ondas caprichosas.

Bordeando la tabla menor esculpió una delicada rama florida. Sacaba virutas pequeñísimas, cortando lentamente y con cuidado, haciendo todo aquello que él creía que podía ser bonito.

Finalmente, las piezas estuvieron terminadas y una noche las unió. Una vez hecho esto, la pieza grande era un fondo bellamente tallado para colocar un pequeño estante en el centro.

La gran estrella quedaba en lo alto. La pieza curvada soportaba el estante inferior y también estaba primorosamente tallada. Y la rama se alargaba por el borde del estante. Pa había construido este soporte como regalo de Navidad para Ma. Lo colgó cuidadosamente en la pared de madera, entre las ventanas, y Ma puso en el estante su figurilla de porcelana representando una mujer china que tenía un gorrito en la cabeza, y unos rizos en su nuca. Su vestido tenía encajes en la parte delantera y llevaba un pequeño delantal color rosa pálido y zapatitos dorados también de porcelana. Era una bella estatuilla colocada en el estante con flores y hojas, con pájaros y lunas talladas a su alrededor y la gran estrella en la parte superior.

Ma estuvo atareada todo el día preparando la sabrosa comida navideña. Horneó pan con sal, y pan de centeno, galletitas suecas y un gran cazo de judías con tocino salado y melaza. Preparó tortas de vinagre cocidas en el horno y tortas de manzanas secas, llenó de galletas un gran tarro y permitió que Laura y Mary lamiesen la cuchara del pastel.

Una mañana hirvió melaza y azúcar revueltos hasta convertirlo en un almíbar espeso, y Pa trajo dos bandejas llenas de blanca nieve limpia. Entregaron una bandeja a Laura y otra a Mary, y Pa y Ma les enseñaron a dibujar pequeños trazos en la nieve, como ríos, con el oscuro jarabe. Hicieron círculos y arabescos que se endurecieron enseguida convirtiéndose en caramelos. Laura y Mary podían comerse una pieza cada una pero el resto quedaba reservado para el día de Navidad.

Estos preparativos se hicieron porque tía Eliza y tío Peter y los primos Peter, Alice y Ella vendrían a pasar la Navidad.

Llegaron la víspera de Navidad. Laura y Mary oyeron el alegre sonido de las campanillas del trineo, aumentando a cada momento y de pronto el gran trineo salió del bosque y se aproximó al portal. Tía Eliza, tío Peter y los primos venían en el trineo, todos muy abrigados, debajo de mantas, capas y pieles de búfalo.

Iban envueltos en tantos abrigos, bufandas y chales que tenían aspecto de enormes fardos informes. Cuando entraron, la pequeña casa se llenó de gente y de movimiento. La *Negra Susana* huyó para esconderse en el establo, pero *Jack* saltaba dando vueltas en la nieve ladrando como si nunca quisiera terminar. ¡Ahora habría con quienes jugar!

Tan pronto como tía Eliza los hubo desabrigado, Peter, Alice, Laura y Mary comenzaron a correr y a gritar. Finalmente, tía Eliza les ordenó que se estuvieran quietos. Alice dijo entonces:

—Os diré qué podemos hacer. Hagamos retratos.

Añadió que tendrían que salir al exterior para hacerlos y Ma creyó que hacía demasiado frío para que Laura permaneciera fuera. Pero al ver la desilusión de Laura accedió a que saliera también, aunque sólo fuese un ratito. Abrigó a Laura con su abrigo, guantes y la capa de lana con capucha, le puso una bufanda alrededor del cuello y la dejó salir.

Laura jamás se había divertido tanto. Toda la mañana estuvo jugando fuera en la nieve con Alice, Ella, Peter y Mary, haciendo dibujos. Los hacían subiéndose a un tronco y, de golpe, abriendo mucho los brazos se dejaban caer en la nieve, profunda y suave. Caían boca abajo. Se levantaban después intentando no estropear las marcas que habían hecho al dejarse caer. Si lo hacían bien, en la nieve quedaban marcados cinco agujeros, con la forma casi exacta de cuatro niñas y un muchacho, brazos, piernas y lo demás. A esto lo llamaban hacer retratos.

Jugaron tanto durante todo el día que cuando llegó la noche estaban demasiado excitados para dormir. Pero debían dormir o Santa Claus no acudiría. De modo que colga-

ron sus medias en la chimenea, rezaron y se fueron a la cama
—Alice, Ella, Mary y Laura, todas juntas durmiendo en una
gran cama en el suelo.

Peter durmió en la cama con ruedas. Tía Eliza y tío Peter
dormirían en la gran cama, y en el ático prepararon otra cama
en el suelo para Pa y Ma. Tío Peter había entrado las capas,
las pieles de búfalo y todas las mantas, así que hubo abrigo
suficiente para todo el mundo.

Pa, Ma, tía Eliza y tío Peter se quedaron un rato hablando junto al hogar. Y justo cuando Laura estaba a punto de
dormirse oyó que tío Peter decía:

—Eliza escapó por poco el otro día, mientras yo estaba en Lake City. ¿Os acordáis de *Prince*, mi enorme perrazo? Laura se desveló al instante. Le encantaba oír hablar de perros. Permaneció quieta como un ratón, contemplando la flameante claridad del fuego reflejado en las paredes y escuchando a tío Peter.

—Pues bien —dijo tío Peter—, por la mañana temprano Eliza salió hacia el arroyo para llenar un cubo de agua y *Prince* la seguía. Ella se acercó al barranco, allí donde el sendero baja hasta el río y de pronto *Prince* le sujetó la falda con los dientes y tiró de ella. Ya sabéis lo enorme que es *Prince*. Eliza le riñó pero él no la soltaba, y es tan fuerte y tan grandote que ella no pudo liberarse de él. *Prince* continuaba tirando y retrocediendo hasta que le hizo un desgarrón en la falda.

—Era mi falda estampada azul —dijo tía Eliza a Ma.

—¡Dios mío! —exclamó Ma.

—Me hizo un gran desgarrón justo detrás —dijo tía Eliza—. Yo estaba tan enfadada que hubiera podido pegarle. Pero me gruñó.

—¿*Prince* te gruñó? —dijo Pa.

—Sí —respondió tía Eliza.

—De modo que Eliza echó a andar nuevamente en dirección al arroyo —prosiguió tío Peter—. Pero *Prince* dio un salto y se colocó delante de ella en el sendero y le gruñó. No hizo ningún caso a lo que ella le decía o si le reñía. Simplemente, continuó mostrándole los dientes y cuando ella intentó pasar por su lado él saltó delante gruñendo. Esto la asustó.

—¡Ya lo creo que la asustaría! —exclamó Ma.

—Parecía tan salvaje...Pensé que iba a morderme —comentó tía Eliza—. Y creo que lo hubiera hecho.

—Jamás había oído nada semejante —dijo Ma—. ¿Y qué hiciste tú?

—Di media vuelta, corrí hacia la casa en donde estaban los niños y cerré la puerta de golpe —respondió tía Eliza.

—Naturalmente, *Prince* es un salvaje con los extraños —dijo tío Peter—. Pero siempre había sido bondadoso con Eliza y los niños. Yo me sentía completamente seguro al dejarlos con *Prince*. Eliza no podía comprender absolutamente nada de lo que pasaba. Después de haber entrado en la casa, *Prince* continuaba paseando, dando vueltas y gruñendo. Cada vez que ella intentaba abrir la puerta, él se abalanzaba sobre ella y gruñía.

—¿Se había vuelto loco? —preguntó Ma.

—Eso es lo que yo pensé —dijo tía Eliza—. No sabía qué hacer. Allí estaba yo, encerrada en la casa con los niños sin atreverme a salir. Y no teníamos agua. Ni tan sólo podía salir para tomar algo de nieve y derretirla. Cada vez que abría la puerta, aunque sólo fuese una rendija, *Prince* actuaba como si estuviera dispuesto a hacerme pedazos.

—¿Y cuanto tiempo duró esto? —preguntó Pa.

—Todo el día, hasta última hora de la tarde —dijo tía Eliza—. Peter se había llevado el rifle, si no yo hubiera disparado contra *Prince*.

—Avanzada la tarde —intervino tío Peter—, *Prince* se tranquilizó y Eliza pensó que se había dormido, así que se dispuso a salir pasando junto a él para llegar hasta el arroyo y llenar el cubo con un poco de agua. Abrió, por tanto, la puerta, despacito, pero, naturalmente, *Prince* se despertó al instante. Cuando vio que ella llevaba el cubo en la mano, se levantó y caminó delante de ella hacia el arroyo, como de costumbre. Y allí, en la orilla del arroyo, en la nieve, había el rastro fresco de una pantera.

—Las huellas eran tan grandes como mi mano —dijo tía Eliza.

—Sí —confirmó tío Peter—, era un gran ejemplar. Sus huellas eran las mayores que yo haya visto jamás. Seguro que hubiera atrapado a Eliza si *Prince* le hubiera permitido llegar aquella mañana hasta el arroyo. Yo vi las marcas. Había estado acechando desde un gran roble, junto al arroyo, esperando que algún animal acudiese a beber. Sin duda, se hubiera abalanzado sobre Eliza. La noche caía cuando ella vio las huellas y no perdió tiempo en regresar a casa con el cubo de agua. *Prince* la seguía muy de cerca, mirando hacia atrás, hacia el barranco, de vez en cuando.

—Le hice entrar en casa, conmigo —dijo tía Eliza—, y todos permanecimos encerrados hasta que Peter regresó.

—¿Pudiste atraparla? —preguntó Pa a tío Peter.

—No —respondió éste—. Busqué por todas partes alrededor de la casa, pero no la encontré. Vi algunas huellas más. Se había marchado hacia el norte, adentrándose en el Gran Bosque.

Alice, Ella y Mary estaban totalmente desveladas y Laura metió la cabeza debajo de los cobertores y susurró a Alice:

—¡Uf! ¿No estabais asustadas?

Alice le respondió en un susurro que ella estaba asustada, pero Ella lo estaba más todavía. Pero susurró que de ningún modo estaba asustada.

—Bueno, pues, de todos modos, metiste mucho barullo porque tenías sed —gimió Alice.

Estuvieron un rato hablando en voz baja sobre lo sucedido, hasta que Ma dijo:

—Charles, esas niñas nunca se dormirán a menos que toques para ellas.

De modo que Pa sacó su violín. La habitación estaba

tranquila, caliente y llena de resplandor del fuego del hogar. Las sombras de Ma, de tía Eliza y de tío Peter se reflejaban enormes y temblorosas sobre las paredes a la luz vacilante del fuego, y el violín de Pa sonó alegremente.

Tocó las canciones «Money Dusk», «The Red Heifer», «The Devil's Dream» y «Arkansas Traveller». Laura se durmió mientras Pa y su violín estaban cantando dulcemente:

Mi querida Nelly Gray,
te han llevado lejos
y no veré más a mi amada...

Por la mañana, todos se despertaron casi en el mismo momento. Miraron sus medias y algo había en ellas. Santa Claus había estado allí. Alice, Ella y Laura, con sus batas de franela roja, y Peter, con su camisón de franela roja, corrieron gritando para ver lo que Santa Claus había dejado.

En cada media había un par de guantes rojos y también un largo caramelo de menta con rayas rojas y blancas, con un hermoso lazo a cada lado.

Todos se sentían tan felices al principio que casi no pudieron pronunciar palabra. Contemplaban con ojos brillantes aquellos bonitos regalos de Navidad. Laura, no obstante, era la más feliz: tenía una muñeca de trapo.

Era una linda muñeca. Tenía la cara de tela blanca y los ojos eran dos botones negros. Con lápiz negro se le habían dibujado las cejas, y las mejillas y la boca eran rojas, tintadas con bayas. Su cabello era de lana negra tejida y enmarañada, de modo que era rizada. Llevaba medias de franela roja y unas pequeñas polainas de paño negro como calzado y el vestido era de calicó en bonitos colores rosa y azul.

Era tan bonita que Laura no supo qué decir. Sostenía su muñeca y se olvidó de todo lo demás. No sabía que todos la estaban mirando, hasta que tía Eliza exclamó:

—¿Habéis visto alguna vez unos ojos más abiertos?

Las otras niñas no se sentían celosas porque Laura tuviera guantes, caramelo y una muñeca, ya que Laura era la más pequeña, excepto Bebé Carrie y el bebé de tía Eliza, Dolly Varden, que todavía eran demasiado pequeñas para tener muñecas. Lo eran tanto que ni tan siquiera sabían nada de Santa Claus. Solamente se metían el dedo en la boca y se agitaban a causa de tanto barullo.

Laura se sentó en el borde de la cama sosteniendo su muñeca. Le gustaban los guantes rojos y el caramelo pero lo que le gustaba más era la muñeca. La llamaría Charlotte.

Admiraron mutuamente sus guantes y se probaron los propios. Peter mordió un gran pedazo de su bastón de caramelo, pero Alice, Ella, Mary y Laura lamían los suyos para que durasen más.

—¡Bien, bien! —dijo tío Peter—. ¿No hay ni una sola media vacía, con una bruja solamente? Vaya, vaya... ¿todos os habéis portado tan bien?

Pero ellos no creían que Santa Claus fuese capaz realmente de no haberles traído nada, o solamente una bruja. Eso sucedía a algunos niños, pero a ellos no podía ocurrirles. Era tan difícil portarse bien en todo momento, cada día, y durante un año entero...

—No has de fastidiar a los niños, Peter —dijo tía Eliza.

Y Ma comentó:

—Laura ¿no vas a dejar que las otras niñas sostengan tu muñeca? —Y quería decir: «Las niñas pequeñas no han de ser egoístas».

De modo que Laura permitió que también Mary tomara en sus brazos la bella muñeca, y lo mismo hizo Alice durante un minuto, y a continuación Ella. Alisaron su lindo vestido y admiraron las medias y las polainas de franela roja y el pelo rizado de lana. Pero Laura se alegró cuando finalmente Charlotte volvió a estar segura en sus brazos.

Pa y tío Peter recibieron cada uno un par de guantes nuevos, cálidos, tejidos formando un dibujo de cuadros pequeños rojos y blancos. Ma y tía Eliza los habían tejido.

Tía Eliza había traído a Ma una gran manzana roja llena de clavos de especia. ¡Qué bien olía! Con tantos clavos no se estropearía, se conservaría sana y dulce.

Ma dio a tía Eliza un pequeño librito para guardar agujas que ella había confeccionado, con la cubierta de seda y suaves hojas de franela blanca en donde clavar las agujas. La franela evitaría que las agujas se oxidasen.

Todos admiraron el hermoso estante de Ma, y tía Eliza contó que tío Peter también había hecho uno para ella, naturalmente con tallas diferentes. Santa Claus no les había regalado nada. Santa Claus no hacía regalos a la gente adulta, pero no era porque no se hubieran portado bien. Pa y Ma eran buenos. Pero eran personas adultas y las personas adultas se hacían regalos los unos a los otros.

Los regalos tuvieron que dejarse un poco de lado durante un rato. Peter salió con Pa y tío Peter para atender algunos quehaceres, Alice y Ella ayudaron a tía Eliza a hacer las camas, y Laura y Mary pusieron la mesa, mientras Ma preparaba el desayuno.

Había tortas para desayunar, y Ma hizo una torta en forma de hombre para cada uno de los niños. Llamaba a cada uno por turno para que se acercaran con su plato y podían quedarse al lado de la estufa y observar mientras, con la cuchara llena de masa, Ma le ponía los brazos, piernas y la cabeza. Era excitante observar a Ma girando al hombrecillo, rápidamente y con cuidado, sobre una parrilla caliente. Cuando estaba hecho Ma lo dejaba en el plato, bien caliente.

Peter comió la cabeza de su hombrecillo de un mordisco, inmediatamente. Pero Alice, Ella, Mary y Laura se comieron a sus hombrecillos poco a poco, a pedacitos, primero los brazos y las piernas y después el cuerpo, guardando la cabeza para el final.

Aquel día el frío era tan intenso que no pudieron jugar fuera pero tenían los guantes nuevos para admirar y el caramelo para saborear. Se sentaron juntas en el suelo y miraron las ilustraciones de la Biblia y las fotografías de toda clase

de animales y pájaros en el gran libro verde de Pa. Laura
sostuvo a Charlotte en sus brazos durante todo el rato.

Hubo después la comida de Navidad. Alice, Ella, Peter,
Mary y Laura no pronunciaron ni una palabra en la mesa,
pues sabían que los niños debían ser vistos pero no oídos.
No obstante, no necesitaban pedir una segunda ración. Ma y
tía Eliza les llenaban continuamente los platos y les permi-
tieron comer tanto como quisieron de todas aquellas cosas
buenas.

—Navidad sólo es una vez al año —comentó tía Eliza.

Almorzaron temprano, porque tía Eliza, tío Peter y los
primos debían recorrer un largo camino de regreso.

—Con el esfuerzo máximo de los caballos —declaró tío
Peter—, llegaremos a casa justo antes de que oscurezca.

De modo que en cuanto terminaron de comer, tío Peter y Pa salieron a enganchar los caballos al trineo, mientras Ma y tía Eliza abrigaban a los primos.

Encima de las medias de lana y los zapatos, ya calzados, se pusieron otras gruesas medias de lana. Se enfundaron los guantes y se envolvieron en abrigos, capuchas y chales, y rodearon sus cuellos con bufandas, y con gruesos tejidos de lana se cubrieron la cara. Ma deslizó patatas cocidas, quemando todavía, en sus bolsillos para que conservaran calientes los dedos, y las planchas de tía Eliza estaban calientes, en la estufa, a punto para cubrirles los pies en el trineo. También las mantas y los cubrecamas y las capas de búfalo se calentaron antes de ser usadas.

De modo que todos subieron al gran trineo, caliente y confortable, y Pa remetió bien alrededor de ellos la última capa.

—¡Adiós! ¡Adiós! —gritaban mientras se alejaban al trote alegre de los caballos y el tintineo de las campanillas del trineo. Al poco rato, el alegre sonido había desaparecido y la Navidad se había terminado. Pero ¡qué feliz había sido aquella Navidad!

Capítulo cinco

DOMINGOS

El invierno parecía largo. Laura y Mary comenzaron a cansarse de tener que estar siempre dentro de casa. Especialmente en domingo, el tiempo transcurría muy despacio.

Todos los domingos Mary y Laura se vestían con sus mejores ropas y se ponían una cinta nueva en el pelo. Estaban muy limpias porque se habían bañado el sábado por la noche.

En verano se bañaban en el arroyo. En invierno Pa llenaba y amontonaba en la bañera nieve limpia que se derretía en la estufa. Después, cerca de la estufa caliente, detrás de una mampara hecha con una manta colocada entre dos sillas, Ma bañaba a Laura y a continuación a Mary.

A Laura la bañaba primero porque era más pequeña que Mary. Los sábados tenía que acostarse pronto, con Charlotte, porque después de haberse bañado y puesto el camisón limpio, Pa vaciaba la bañera y la llenaba nuevamente con nieve para el baño de Mary. Cuando ésta se había acostado, Ma tomaba su baño detrás de la manta y finalmente Pa tomaba el suyo. Y todos estaban muy limpios el domingo.

Los domingos, Mary y Laura no debían correr, ni gritar, ni alborotar en sus juegos. Mary no podía coser su cubrecama de nueve pedazos y Laura no podía tejer los pequeños guantes que le estaba haciendo a Bebé Carrie. Tenían que contemplar silenciosamente sus muñecas de papel, pero no podían hacerles nada nuevo. No se les permitía coser vestidos de muñeca, ni tan sólo prenderlos con alfileres.

Debían permanecer sentadas y silenciosas, escuchando a Ma que leía historias de la Biblia, o historias sobre leones, tigres y osos blancos, del gran libro verde de Pa, *Maravillas de la vida animal*. Podían mirar los grabados y podían tener en brazos a sus muñecas de trapo y hablarles también. Pero no podían hacer nada más.

Lo que más agradaba a Laura era mirar las ilustraciones en la gran Biblia, con sus cubiertas de papel. Lo mejor era el dibujo de Adán dando nombre a los animales.

Adán aparecía sentado en una roca y todos los animales y pájaros, pequeños y grandes, se agrupaban en torno a él esperando ansiosamente saber qué clase de animales eran. Adán parecía tan cómodo... No tenía que estar al cuidado de tener limpia su ropa ya que no llevaba ropas encima.

Solamente usaba una piel cubriéndole medio cuerpo.

—¿Tenía Adán ropa nueva para ponerse los domingos? —le preguntó Laura a Ma.

—Pobre Adán —le respondió Ma—. Todo lo que tenía para cubrirse eran pieles.

A Laura no le hizo ninguna pena Adán. Ella deseó también no tener sino pieles para vestirse.

Un domingo, después de cenar, ya no pudo soportarlo más. Comenzó a jugar con *Jack* y en pocos minutos ya corrían y gritaban. Pa le ordenó que se sentara y se estuviera quietecita, pero cuando Laura se sentó se echó a llorar y a dar golpes a la silla con los talones.

—¡Odio los domingos! —exclamó.

Pa dejó su libro.

—Laura —le dijo severamente—, ven aquí.

Ella se le acercó arrastrando los pies porque sabía que se merecía una paliza. Pero cuando llegó junto a Pa él la miró tristemente un momento y después la sentó en sus rodillas y la acunó un poco. Alargó su otro brazo hacia Mary y dijo:

—Voy a contaros una historia sobre vuestro abuelo cuando era todavía un muchacho.

LA HISTORIA DEL TRINEO DEL ABUELO Y DEL CERDO

«Cuando vuestro abuelo era un muchacho, Laura, el domingo no comenzaba por la mañana, como ahora. Comenzaba a la puesta del sol la noche del sábado. En aquel momento todo tipo de trabajo o de juego se detenía.

La cena era solemne. Después de cenar, el abuelo leía un capítulo de la Biblia, mientras todos permanecían sentados, erguidos y quietos en sus sillas. Después, se arrodillaban y su padre decía una larga oración. Y cuando él pronunciaba «amén» todos se levantaban, cogían una vela y se iban a la cama. Debían ir directamente a la cama, sin ningún juego, ninguna risa, ni tan sólo ninguna conversación.

El domingo por la mañana tomaban un desayuno frío, ya que el domingo no se podía cocinar. Se vestían con sus mejores ropas y caminaban hasta la iglesia. Caminaban porque enganchar los caballos era un trabajo y en domingo no podía realizarse trabajo alguno. Debían caminar lenta y solemnemente, mirando directamente al frente. No debían bromear, ni reír, ni tan siquiera sonreír. El abuelo y sus dos hermanos caminaban delante y su padre y su madre lo hacían detrás de ellos.

En la iglesia, el abuelo y sus hermanos tenían que permanecer correctamente sentados y callados, perfectamente quietos durante dos horas y escuchar el sermón. No se atrevían ni a moverse en el duro banco. No se atrevían a mover los pies. No se atrevían a girar la cabeza para mirar a las ventanas o al techo de la iglesia. Debían estar perfectamente sentados, sin moverse, y ni por un instante dejar de mirar al predicador.

Cuando terminaba la función en la iglesia, volvían a casa caminando lentamente. Podían hablar durante el camino, pero no debían hacerlo en voz alta y jamás podían sonreír o reír. Ya en casa, la comida de aquel día era fría, preparada el día anterior. Durante toda la larga tarde tenían que estar sentados en un banco, en hilera, y estudiar el catecismo, hasta que el sol se ponía y el domingo se había terminado.

La casa del abuelo estaba a medio camino en la ladera de una colina empinada. El camino iba desde la cima de la colina hasta el fondo, pasaba justamente por delante de su puerta frontal y en invierno era el mejor lugar que pudierais imaginar para deslizarse por la pendiente.

Una semana, el abuelo y sus dos hermanos, James y George, construyeron un trineo. Trabajaban en ello todos los minutos de su tiempo libre. Era el mejor trineo que habían construido y tan largo que los tres cabían sentados dentro, uno detrás del otro. Planeaban terminarlo a tiempo para deslizarse por la pendiente el sábado por la tarde. Ya que cada sábado por la tarde disponían de dos o tres horas para jugar.

Pero aquella semana su padre había estado talando árboles en el Gran Bosque... Trabajaba duramente y hacía trabajar a los hijos con él. Ellos hacían todas las tareas matinales a la luz de una linterna y trabajaban en el bosque duramente después de la salida del sol. Lo hacían hasta que oscurecía y entonces había otras tareas que hacer, y después de cenar tenían que ir a la cama para poder levantarse temprano por la mañana.

No tenían tiempo de trabajar en el trineo hasta la tarde del sábado. Entonces, se afanaban tanto como podían pero no pudieron terminarlo hasta el momento justo cuando el sol se ponía, la noche del sábado.

Después de la puesta del sol no pudieron deslizarse montaña abajo, ni una sola vez. Eso sería romper el Sábat. Por lo tanto, guardaron el trineo detrás de la casa, a la espera, hasta que el domingo terminase.

Al día siguiente, durante las dos largas horas en la iglesia, mientras mantenían quietos los pies y los ojos clavados en el predicador, estuvieron pensando en el trineo. En casa, mientras comían, no podían pensar en otra cosa. Después de comer, cuando su padre se sentó a leerles la Biblia, y el abuelo, James y George estaban sentados en su banco, con su catecismo y muy silenciosos, estaban pensando en el trineo.

El sol brillaba con fuerza y la nieve estaba lisa y reluciente. Podían verlo desde la ventana. Miraban el catecismo y pensaban en el trineo, y parecía que aquel domingo no iba a terminar nunca.

Después de un largo rato oyeron un ronquido. Miraron a su padre y vieron que la cabeza le había caído hacia atrás en la silla y que se había dormido profundamente.

James miró entonces a George y se levantó del banco saliendo de puntillas de la habitación hacia la puerta de atrás. George miró al abuelo y salió de puntillas detrás de James. Y el abuelo miró temeroso a su padre, pero salió detrás de George, también de puntillas y dejó a su padre roncando.

Cogieron su nuevo trineo y subieron hasta la cima de la colina. Querían deslizarse, una sola vez. Después dejarían el trineo, volverían a su banco y al catecismo antes de que su padre se despertara.

James se sentó delante del trineo, después George y al final el abuelo, porque era el más pequeño. El trineo inició el descenso, primero con lentitud, después rápido y más rá-

pido. Se deslizaba, volando, por la aguda pendiente pero los chicos no se atrevían a gritar. Debían deslizarse silenciosamente junto a la casa, para no despertar a su padre.

No había ruido alguno, excepto el pequeño zumbido de los patines sobre la nieve y el silbido del viento.

Precisamente cuando el trineo estaba girando hacia la casa, un gran cerdo negro salió del bosque. Caminó hasta el centro del camino y se quedó allí.

El trineo bajaba tan deprisa que no podía pararse. No había tiempo para girar. El vehículo pasó justo por debajo del cerdo y lo alzó. Dando un chillido, el animal quedó encima de James, y continuó chillando, largo, alto y agudamente: ¡Escuí-i-i-i! ¡Escuí-i-i-i!

Pasaron raudos junto a la casa, el cerdo acomodado enfrente, James después, y George y el abuelo tras de aquél, y vieron a su padre en la puerta de la casa que les contemplaba. No podían pararse, no podían esconderse, no había tiempo para decir algo. Y siguieron cuesta abajo, el cerdo encima de James chillando todo el camino.

Al pie de la colina se pararon. El cerdo saltó de encima de James y se alejó corriendo hacia el bosque, chillando todavía.

Los chicos subieron la pendiente, lenta y solemnemente. Guardaron el trineo. Se deslizaron dentro de la casa y se sentaron sin hacer ruido en el banco. Su padre estaba leyendo la Biblia. Alzó la mirada sin decir palabra. Luego continuó leyendo y ellos estudiando el catecismo.

Pero cuando el sol se hubo puesto y había terminado el día de Sábat, su padre les llevó al cobertizo y les zurró, primero a James, después a George y finalmente al abuelo.»

—De modo que ya lo veis, Laura y Mary —dijo Pa—, podéis creer que es difícil ser bueno, pero deberíais estar contentas de que portarse bien no sea tan duro ahora como lo fue cuando el abuelo era un muchacho.

—¿Las niñas pequeñas también tenían que ser tan buenas? —preguntó Laura, y Ma respondió:

—Para las niñas era más duro. Porque tenían que comportarse como pequeñas damitas todo el tiempo, no solamente los domingos. Las niñas nunca podían deslizarse en trineo por una pendiente, como los muchachos. Las niñas tenían que estar sentadas en casa remendando su ropa.

—Id ahora, y que vuestra madre os acueste —dijo Pa. Y sacó el violín del estuche.

Laura y Mary escucharon desde la cama los himnos del domingo, ya que ni tan sólo el violín podía tocar en domingo las canciones de todos los días.

Viejas rocas partidas por mí, cantó Pa con el violín, y continuó cantando después:

¿Seré llevado al cielo
en fáciles lechos floridos,
mientras otros lucharon por ganar el premio
y navegaron por mares sangrientos?

Laura se sintió flotar, llevada por la música y después oyó ruido de vajilla: vio a Ma, junto al fogón, preparando el desayuno. Estaban en la mañana del lunes y no sería domingo hasta al cabo de una semana.

Aquella mañana, cuando Pa entró a desayunar, se dirigió a Laura y le dijo que debía zurrarla. En primer lugar, explicó que hoy era el cumpleaños de Laura y que ella no crecería como era debido el año siguiente a menos que él le diera una zurra. Y a continuación la zurró con tanta dulzura y con tanto amor, que no le hizo ningún daño.

—Uno, dos, tres, cuatro, cinco, seis —contaba Pa, y hacía caer la mano lentamente. Un golpe por cada año y el último un gran golpe para crecer.

Después le regaló un pequeño hombrecillo de madera que había tallado de un bastón para hacer compañía a Charlotte. Ma le regaló cinco pastelitos, uno por cada año de vida de Laura con Ma y con Pa. Mary le regaló un nuevo vestido para Charlotte. Había confeccionado el vestido ella misma, cuando Laura creía que estaba cosiendo su cubrecama de retales.

Aquella noche, como un regalo especial de cumpleaños, Pa tocó «Pop Goes the Weasel» en honor de Laura.

Se sentó y Laura y Mary permanecieron junto a él mientras tocaba el violín.

—Ahora observad —dijo—. Observad bien y quizás esta vez podáis ver cómo salta la comadreja.

Y cantó:

Un penique para una canilla de hilo,
otro para una aguja,
así se va el dinero.

Laura y Mary se inclinaron acercándose más, ya que sabían que había llegado el momento:

«Pum!» (hizo el dedo de Pa en la cuerda)
«¡Se va la comadreja!» (cantó el violín, claramente).

Pero Laura y Mary no habían visto el dedo de Pa haciendo saltar la cuerda.

—¡Por favor, por favor! —le rogaron—. ¡Hazlo otra vez!

Reían los ojos azules de Pa y el violín continuó mientras Pa cantaba:

En todas partes, cerca del banco
del zapatero remendón.
El mono perseguía a la comadreja.
El predicador besaba a la mujer del zapatero.
¡Pum! Se va la comadreja.

Tampoco esta vez habían visto el dedo de Pa. Era tan rápido que nunca podían atraparle.

De modo que se fueron a la cama riendo y estuvieron escuchando hasta dormirse el violín y a Pa que cantaba:

Había un viejo negro
llamado tío Ned.
Murió mucho, mucho tiempo atrás.
No tenía pelo en la cabeza
allí donde el pelo debería crecer.

Sus dedos eran tan largos
como la caña del freno.
Sus ojos apenas veían
y carecía de dientes para comer el pastel del azadón
de modo que debía dejarlo sin comer.

Colgó, pues, pala y azadón
dejó el violín y el arco.
Ya no hay trabajo para tío Ned
pues se ha ido allí donde los negros buenos.

Capítulo seis

DOS GRANDES OSOS

Un día Pa dijo que la primavera estaba llegando.

La nieve comenzaba a derretirse en el Gran Bosque. De las ramas de los árboles caían partículas que hacían pequeños agujeros en los blandos bancos de nieve. Al mediodía, los grandes carámbanos a lo largo de los aleros de la pequeña casa temblaban y resplandecían bajo la luz del sol y las gotas de agua colgaban temblorosas de sus extremos.

Pa dijo que tenía que ir a la ciudad para comerciar con las pieles de los animales salvajes que había cazado con trampas durante el invierno. Así que una tarde hizo un gran fardo con ellas. Había tantas pieles que cuando estuvieron atadas fuertemente abultaban casi tanto como Pa.

Una mañana, muy temprano, Pa se sujetó el fardo de pieles a los hombros e inició el camino hacia la ciudad. Llevaba tantas pieles encima que no pudo llevarse el rifle.

Ma estaba inquieta, pero Pa dijo que si se iba antes de la salida del sol y que si caminaba muy deprisa podría estar de vuelta en casa antes de que oscureciese.

La ciudad más cercana estaba lejos. Laura y Mary no habían visto nunca una ciudad. Nunca habían visto un almacén. Ni tan siquiera habían visto dos casas juntas, una al lado de la otra. Pero sabían que en una ciudad había muchas casas y una tienda o almacén lleno de caramelos, calicó y otras cosas maravillosas —pólvora, balas, sal y azúcar en paquetes—. Sabían que Pa haría un trueque con el propietario de la tienda entregando sus pieles a cambio de cosas hermosas de la ciudad, y todo el día estuvieron pensando en los regalos que les traería. Cuando el sol se ocultó detrás de las copas de los árboles y ya no caían gotas de las puntas de los carámbanos esperaron ansiosamente el regreso de Pa. El sol se puso, el bosque oscureció, y Pa no llegaba. Ma preparó la cena y puso la mesa, pero él no venía. Ya había llegado la hora de hacer las tareas, y él no había regresado todavía.

Ma le dijo a Laura que la acompañase mientras ella ordeñaba la vaca. Laura podía sostener la lámpara.

Laura se puso el abrigo y Ma lo abotonó. Se colgó alrededor del cuello los guantes rojos que estaban unidos por un cordón de lana roja mientras Ma encendía la vela de la lámpara.

Laura se sentía orgullosa por estar ayudando a Ma en el ordeño y llevaba la lámpara con cuidado. Los costados de la lámpara eran de estaño, con agujeros para dejar pasar la luz de la vela.

Laura caminaba detrás de Ma, en dirección al establo y los pequeños parches de luz de la lámpara saltaban alrededor de ella sobre la nieve. Todavía no era noche cerrada. El bosque sí estaba oscuro, pero en el sendero nevado se reflejaba una pálida claridad gris y en el cielo se veían algunas pálidas estrellas, aunque las estrellas no tenían un aspecto tan cálido y tan brillante como las lucecitas que salían de la lámpara.

Laura se sorprendió al ver la figura oscura de *Sukey*, la vaca marrón, de pie en el portal del establo. Ma también quedó sorprendida. La primavera no había avanzado todavía lo suficiente para dejar que *Sukey* fuese a pacer la hierba en el Gran Bosque. Vivía en el establo. Pero algunas veces, en días calurosos, Pa dejaba abierta la puerta del establo para que pudiera salir al corral. Ma y Laura la vieron ahora detrás del portal, esperándolas.

Ma se acercó y empujó para abrirlo. Pero no se abrió demasiado porque allí estaba *Sukey* de pie impidiendo el paso.

—¡*Sukey*, apártate! —ordenó Ma. Alargó una mano y dio un golpe a *Sukey* en el lomo.

Justo en aquel momento una de las lucecitas danzantes de la lámpara saltó entre las barras del portal y Laura vio pelo de animal largo y oscuro y dos ojillos relucientes. *Sukey* tenía el pelo fino, corto y marrón. *Sukey* tenía unos grandes ojos bondadosos.

—Laura, vuelve a casa —dijo Ma entonces.

Laura dio media vuelta y se dirigió hacia la casa. Ma la seguía. Cuando hubieron recorrido parte del camino Ma le cogió la lámpara de las manos y echó a correr. Corrieron juntas hasta entrar en la casa y Ma cerró la puerta de golpe.

Laura preguntó entonces:

—Ma ¿era un oso?

—Sí, Laura —respondió Ma—. Era un oso.

Laura comenzó a llorar. Se agarró a su madre y gimoteaba:

—Oh, Ma, ¿se comerá a *Sukey*?

—No —respondió su madre mientras la abrazaba—. *Sukey* está en el establo. Piensa, Laura, en todos esos recios troncos de las paredes del establo. Y la puerta es pesada y sólida, construida para que los osos no puedan entrar. No, el oso no podrá entrar y comerse a *Sukey*.

Laura se sintió mejor.

—Pero podía hacernos daño ¿verdad? —preguntó.

—No nos ha hecho ningún daño —dijo Ma—. Te has portado bien, Laura, haciendo exactamente lo que te he mandado, y hacerlo, además, rápidamente, sin preguntarme el porqué.

Ma estaba temblando pero se echó a reír levemente.

—Pensar —dijo—, ¡que le he pegado a un oso!

Puso la cena en la mesa para Laura y para Mary. Pa no había llegado todavía. No venía. Laura y Mary se desnudaron, hicieron sus rezos y se acostaron en la cama de ruedas.

Ma se sentó junto a la lámpara remendando una de las camisas de Pa. La casa parecía fría, quieta y extraña sin Pa.

Laura escuchaba el viento en el Gran Bosque. Alrededor de la casa el viento gemía como si se hubiera perdido en la oscuridad y el frío. El viento parecía asustado.

Ma acabó de remendar la camisa. Laura vio cómo la doblaba lenta y cuidadosamente. La alisó con la mano. Después hizo algo que nunca antes había hecho. Se acercó a la puerta y corrió el pestillo de cuero en la puerta para que nadie pudiera entrar a menos que ella lo alzara. Se acercó y cogió a Carrie que dormía profundamente en la gran cama.

Vio que Laura y Mary estaban despiertas todavía y les dijo:

—Dormid, hijas. Todo va bien. Pa estará aquí por la mañana.

Volvió a su mecedora e inició un suave balanceo sosteniendo a Carrie en sus brazos.

Estuvo en vela hasta tarde, esperando a Pa, y Laura y Mary también querían permanecer despiertas hasta que él llegase. Finalmente se durmieron.

Por la mañana Pa estaba en casa. Había traído caramelos para Laura y Mary, y dos piezas de bonito calicó para hacerles un vestido. La tela de Mary mostraba un estampado azul pastel sobre un fondo blanco y la de Laura era de color rojo oscuro con pequeños topos dorados. También Ma tuvo tela calicó para un vestido: fondo color marrón y un gran estampado blanco, como plumas.

Todas se sintieron felices de que Pa hubiera conseguido tan buenos precios por las pieles y hubiera podido traerles regalos tan bonitos.

Las huellas del gran oso se veían por todas partes alrededor del establo, y en las paredes había las marcas de sus garras. Pero *Sukey* y los caballos estaban dentro del establo, a salvo.

Aquel día el sol brillaba, la nieve se derretía y las gotas de los carámbanos formaban pequeños arroyuelos de agua, dejando aquéllos cada vez más delgados. Antes de que el sol se pusiera aquella noche, de las huellas del oso sólo quedaban unas marcas sin forma en la blanda nieve mojada.

Después de la cena, Pa sentó a Laura y a Mary en sus rodillas y les dijo que tenía una historia nueva para contarles.

LA HISTORIA DE PA
Y EL OSO EN EL CAMINO

Cuando ayer fui a la ciudad con las pieles, tenía dificultades para caminar sobre la blanda nieve. Pasó mucho tiempo antes de que llegase a la ciudad y otros hombres con pieles lo habían hecho antes que yo para realizar su comercio. El almacenista tenía trabajo y tuve que esperar hasta que pudo echar una ojeada a mis pieles.

Después tuvimos que tratar del precio de cada una de ellas y a continuación tuve que escoger las cosas que yo quería como intercambio.

De modo que el sol estaba a punto de ponerse cuando inicié el camino de regreso a casa.

Intenté apresurarme, pero andar era muy duro y estaba cansado, así que no había avanzado mucho cuando cayó la noche. Y me encontré solo en el Gran Bosque, sin el rifle.

Me quedaban aún seis millas de camino y anduve tan rápido como podía. La noche era cada vez más oscura y deseé llevar conmigo mi rifle porque ya sabía que algunos de los osos habían salido de sus cuevas invernales. Había visto sus huellas por la mañana cuando iba de camino a la ciudad.

Los osos están hambrientos y enfadados en esta época del año; ya sabéis que han estado durmiendo dentro de cuevas todo el invierno, sin nada que comer y eso les enflaquece y les pone furiosos cuando despiertan. No deseaba encontrarme con ninguno.

Me apresuraba tanto como podía en la oscuridad. De vez en cuando se filtraba una ligera claridad de las estrellas. Era negro como el carbón allí donde el bosque era denso, pero en los espacios abiertos podía distinguir algo. Veía un trecho del camino nevado delante de mí y podía ver el bosque oscuro que se alzaba a mi alrededor. Me sentí muy aliviado cuando llegué a un espacio abierto donde las estrellas me ofrecían su luz tenue.

No dejaba de vigilar atentamente en todo momento por si aparecía algún oso. Escuchaba con atención para percibir el ruido que hacen cuando cruzan descuidadamente por los matorrales.

Llegué entonces nuevamente a un claro, y allí, en medio del camino, vi a un gran oso negro. Estaba de pie, sobre sus patas traseras, mirándome. Distinguía el brillo de sus ojillos. Podía ver su hocico porcino. Incluso hubiera podido ver una de sus garras a la luz de las estrellas.

Sentí picor en la cabeza y se me erizó el cabello. Me detuve de golpe y me quedé inmóvil. El oso no se movió. Allí estaba derecho, erguido, mirándome.

Yo sabía que no me serviría de mucho intentar pasar rodeándolo. Me seguiría por el bosque oscuro donde vería mucho mejor que yo. De ninguna manera quería tener que luchar en la oscuridad con un oso hambriento después de su hibernación. ¡Cuánto deseé tener conmigo el rifle!

Tenía que pasar al lado de aquel oso para llegar a casa. Pensé que si podía asustarle quizá se apartaría del camino y me dejaría pasar. Así que respiré profundamente y comencé a gritar de repente con todas mis fuerzas corriendo hacia el oso y agitando los brazos.

Ni se movió.

He de confesar que no me acerqué mucho. Me detuve, le miré y él seguía de pie, mirándome también. Grité de nuevo. Y allí estaba él, sin moverse. Continué gritando y agitando los brazos, pero el oso no se movió.

Bueno, echar a correr no me haría ningún bien. Había

otros osos en el bosque. Podía encontrarme con otro en cualquier momento. Daba lo mismo que luchara con éste que con otro. Además, yo regresaba a casa, a Ma y a vosotras, hijas mías. Jamás llegaría aquí si huía de todo lo que en el bosque me asustaba.

De modo que finalmente miré a mi alrededor y agarré un buen garrote, una sólida rama pesada que se había desgajado de un árbol por el peso de la nieve.

Levanté el garrote por encima de mi cabeza, y corrí directamente hacia aquel oso. Blandí con todas mis fuerzas el garrote y lo hice caer ¡bang! sobre la cabeza del oso.

Y allí continuaba el oso quieto, ¡ya que aquel oso no era nada más que un enorme negro tronco quemado!

Había pasado junto a él en la mañana cuando iba camino

de la ciudad. No era ningún oso. Creí que lo era porque había estado pensando todo el tiempo en osos y tenía miedo de encontrarme con uno.

—¿Realmente no era un oso? —preguntó Mary.

—No, Mary, no era ningún oso. Y allí había estado yo gritando, danzando y agitando los brazos, totalmente solo en el Gran Bosque ¡intentando asustar a un tronco de árbol!

—El nuestro sí que era un oso de verdad —explicó Laura—. Pero no estábamos asustadas porque creíamos que era *Sukey*.

Pa no respondió pero la abrazó más fuertemente.

—¡Oh, oh! Aquel oso hubiera podido comernos a Ma y a mí —dijo Laura, acurrucándose un poco más junto a Pa—. Pero Ma se acercó a él y le dio una manotada y el oso no hizo absolutamente nada. ¿Por qué no hizo nada?

—Supongo que estaría demasiado sorprendido para hacer algo, Laura —dijo Pa—. Puede que sintiera miedo cuando la luz de la lámpara le dio en los ojos. Y cuando Ma se le acercó y le pegó, el oso supo que ella no tenía miedo.

—Bueno, tú también fuiste valiente —dijo Laura—. Aunque solamente fuese un tronco creíste que era un oso. Le hubieras atizado en la cabeza con un palo si hubiera sido un oso, ¿no es cierto, Pa?

—Sí —respondió Pa—. Lo hubiera hecho, ¿sabes?, tenía que hacerlo.

Ma dijo entonces que era hora de dormir. Ayudó a las niñas a desnudarse y les abrochó el camisón de franela roja. Se arrodillaron junto a la cama con ruedas y rezaron:

> Ahora voy a dormir.
> Ruego al Señor que vele mi sueño.
> Si muriese antes de despertar
> ruego al Señor que acoja mi alma.

Ma les dio un beso y las arropó. Ambas permanecieron despiertas un rato, contemplando el pelo liso de Ma, con la raya en medio y sus manos atareadas cosiendo a la luz de la lámpara. La aguja hacía un ruidito seco al chocar contra el dedal y el hilo pasaba suavemente, ¡zas!, a través de la bella tela de calicó que Pa había cambiado por pieles.

Laura miró a Pa, que se estaba engrasando las botas. Los pelos castaños de su bigote, su cabello y su larga barba eran sedosos a la luz de la lámpara y los colores de su chaqueta a cuadros eran alegres. Silbaba jubilosamente mientras trabajaba y comenzó a cantar:

Los pájaros cantaban en la montaña,
y el mirto y la hiedra florecían,
y el sol nacía sobre las colinas.
Fue entonces cuando la dejé en la tumba.

Era una noche cálida. El fuego del hogar se había convertido en carbón y Pa no lo avivó. Alrededor de la casita, en el Gran Bosque, se oía el leve ruido de la nieve que caía de los árboles y el de los carámbanos que se derretían en los aleros de la casa: drip, drip...

En poco tiempo, en los árboles aparecerían los brotes, rosados, amarillentos y verde pálido, y habría flores silvestres y pájaros en los bosques.

Entonces se acabarían las historias junto al fuego por las noches, pero Mary y Laura correrían y jugarían durante todo el día entre los árboles, ya que habría llegado la primavera.

Capítulo siete

LA NIEVE DE AZÚCAR

Durante muchos días el sol resplandeció y el tiempo fue templado. Por las mañanas no había escarcha en las ventanas. Durante el día caían los carámbanos de los aleros de la casa, uno detrás de otro, produciendo suaves ruidos, chasqueantes y crujientes, en los bancos de nieve del suelo. Los árboles sacudían sus negras ramas húmedas y de ellas se desprendían grandes copos de nieve.

Laura y Mary apretaron sus naricillas contra el frío vidrio de la ventana y vieron el goteo de agua de los aleros y las ramas desnudas de los árboles. La nieve no brillaba y tenía un aspecto marchito y blando. Los pedazos de nieve derretidos formaban charcos debajo de los árboles, y los montones al lado del camino se encogían y desaparecían.

Un día, Laura vio un pedazo de tierra descubierta en el corral. La pequeña extensión creció más y más y antes de llegar la noche todo el corral era solamente fango. Ya sólo quedaba el camino helado y los montones de nieve a lo largo del camino y en la valla junto a la pila de leña.

—¿Salgo a jugar fuera, Ma? —preguntó Laura.

—Laura, di: ¿puedo salir? —replicó Ma.

—¿Puedo salir a jugar fuera? —pidió Laura.

—Mañana podrás —prometió Ma.

Aquella noche Laura se despertó temblando. Las mantas parecían delgadas y tenía fría la nariz. Ma estaba tapándola con otro cubrecama.

—Acércate a Mary —le dijo Ma— y te calentarás.

Por la mañana la casa estaba caliente por la estufa, pero al mirar Laura por la ventana vio que la tierra estaba de nuevo cubierta por una gruesa capa de nieve blanda. La nieve se amontonaba sobre las ramas de los árboles semejante a una capa de plumas y también estaba apilada en la cima de la valla de los postes del portal.

Pa entró sacudiendo la blanda nieve de los hombros y de las botas.

—Es nieve de azúcar —declaró.

Laura pasó rápidamente la lengua sobre un poco de la blanca nieve que Pa tenía en un pliegue de la manga. A ella no le pareció que tuviera otro sabor sino el de la nieve, como cualquier otra. Se sintió satisfecha porque nadie se había dado cuenta de su gesto.

—¿Por qué es nieve de azúcar, Pa? —le preguntó, pero él respondió que en aquel momento no tenía tiempo de explicárselo. Tenía que apresurarse, se iba a casa del abuelo.

El abuelo vivía lejos, en el Gran Bosque, en donde los árboles crecían más juntos y eran más grandes.

Laura se quedó junto a la ventana y observó a Pa, grande, activo y fuerte, alejándose sobre la nieve. Llevaba el rifle colgado del hombro, el hacha y el cuerno de pólvora al lado, y sus grandes botas dejaban grandes marcas en la suave nieve. Laura le estuvo mirando hasta perderlo de vista en el bosque.

Era tarde cuando él regresó a casa aquella noche. Ma ya había encendido la lámpara. Debajo del brazo traía un gran paquete y en su otra mano llevaba un gran cubo de madera, tapado.

—Toma, Carolina —dijo, entregando el paquete y el cubo a Ma, y a continuación colgó el rifle encima de la puerta—.

Si me hubiera encontrado con un oso —dijo a continuación— no hubiera podido dispararle sin dejar caer la carga —se echó a reír—. Y si hubiera dejado ese cubo y el fardo no hubiera tenido que dispararle. Me hubiera podido quedar contemplando cómo se comía lo que hay dentro y cómo se lamía el hocico.

Ma deshizo el paquete donde vio dos pasteles tostados, duros, cada uno de ellos tan grande como un perol para la leche. Destapó el cubo y vio que estaba lleno de jarabe de color marrón oscuro.

—Tomad, Laura y Mary —dijo Pa mientras daba a cada una de ellas un paquetito redondo que sacó de su bolsillo.

Las niñas quitaron el envoltorio y se encontraron cada una con un pastelito duro, tostado, con los bordes artísticamente rizados.

—Mordedlos —dijo Pa, y sus ojos azules centellearon.

Cada niña mordió un pedacito de su pastel. Era dulce. Se desmigaba en sus bocas. Incluso era mejor que su caramelo de Navidad.

—Azúcar de arce —dijo Pa.

La cena ya estaba preparada y Laura y Mary dejaron los pequeños pastelitos de azúcar de arce junto a su plato, mientras comían el pan untado con el jarabe de arce.

Después de cenar, Pa las sentó en sus rodillas, delante de la chimenea y les habló del día pasado en casa del abuelo y de la nieve de azúcar.

—Durante todo el invierno —explicó Pa—, el abuelo ha estado construyendo cubos de madera y pequeños canales. Los ha hecho de madera de cedro y fresno blanco ya que esas maderas no dan mal sabor al jarabe de arce. Para hacer los canales, cortó palos, largos como mi mano y tan grandes como mis dos dedos. Cerca de un extremo, el abuelo hizo un corte a lo largo, en medio del palo, y cortó la parte superior. Esto le dejó con un palo plano con una pieza cuadrada en un extremo. Entonces, con una barrena, hizo un agujero a lo largo de la parte cuadrada y con el cuchillo redujo poco a poco la madera hasta convertirla en una concha fina alrededor del agujero redondo. La parte plana del palo la vació con su cuchillo hasta convertirlo en un pequeño canal. Fabricó docenas de piezas iguales y también construyó diez cubos nuevos de madera. Estaban a punto cuando llegó el primer tiempo caluroso y la savia comenzaba a moverse en los árboles. Se dirigió entonces al bosque de arces y con aquella barrena agujereó cada uno de los arces e introdujo el extremo redondo del pequeño canal en el agujero, y en el suelo, debajo del extremo plano, dejó un cubo de madera.

«La savia, sabéis, es la sangre de un árbol. Sube de las raíces cuando comienza el tiempo cálido en primavera y llega hasta la punta de cada rama y y de cada ramita para hacer crecer las hojas.

»Pues bien, cuando la savia del arce subió hasta el agujero en el árbol y brotó por el tronco, bajó por el pequeño canal y cayó en el cubo.

—Oh, Pa, ¿y no le dolía al pobre árbol? —preguntó Laura.

—No más de lo que te duele cuando te pinchas el dedo y sangra —respondió Pa, y siguió—: Todos los días el abuelo se pone las botas y el abrigo y su gorro de piel y va al bosque para recoger la savia. Con un barril en el trineo pasa de un árbol a otro y vacía la savia de los cubos dentro del barril. Entonces lo vierte en una gran olla de hierro que cuelga de una cadena sujeta a una viga colocada entre dos árboles. Vacía la savia dentro de la olla de hierro. Enciende un gran fuego debajo de la olla y la savia hierve bajo la mirada vigilante del abuelo. El fuego ha de ser lo bastante caliente para hacer hervir la savia pero no demasiado, pues la ebullición haría rebasar el borde y se vertería.

»Cada pocos minutos hay que espumar la savia. El abuelo lo hace con una espumadera de mango largo hecha con madera de tilo. Cuando la savia se calienta demasiado, el abuelo llena y alza cucharones en lo alto y vuelve a verterla despacio. Esto enfría un poco la savia e impide que hierva demasiado deprisa.

»Cuando la savia ha hervido lo suficiente, llena los cubos con el jarabe. Después, hierve la savia hasta que forma granos al enfriarse en un platito. En ese instante el abuelo se apresura a hurgar el fuego debajo de la olla. Inmediatamente, tan rápido como puede, recoge con el cucharón el espeso jarabe, que pasa a unos moldes que ya están a punto. El jarabe se convierte en esos moldes en tortitas de azúcar de arce, duras, de color marrón.

—¿Es por esto que se llama nieve de azúcar, porque el abuelo está haciendo azúcar? —preguntó Laura.

—No —dijo Pa—. Se llama nieve de azúcar porque la nieve en este tiempo del año significa que los hombres pueden hacer más azúcar. Sabes, este pequeño período de frío detendrá el brote de las hojas y con ello fluirá más savia.

«Una buena recogida de savia significa que el abuelo podrá preparar suficiente azúcar de arce para que dure todo el año; para cada uno de los días del año. Cuando el abuelo lleve sus pieles a la ciudad, no necesitará cambiarlas por mucho azúcar en el almacén. Con poco le bastará, sólo para tener en la mesa cuando reciba visitas.

—El abuelo debe estar contento cuando cae la nieve de azúcar —dijo Laura.

—Sí —afirmó Pa—, está muy contento. El lunes próximo volverá a preparar azúcar y me ha dicho que todos podemos ir.

Los ojos azules de Pa se iluminaron: había reservado lo mejor para el final y se lo dijo a Ma.

—Escucha, Carolina. ¡Habrá baile!

Ma sonrió. Parecía muy feliz y dejó su costura a un lado.

—¡Oh, Charles! —exclamó.

Después prosiguió con su costura pero conservó la son-
risa en la boca.

—Me pondré la muselina de lana —dijo.

Era un bonito vestido de color verde oscuro, con un pequeño dibujo semejante a fresas maduras. Una modista se lo
había hecho, en el este, allí de donde Ma procedía cuando se
casó con Pa y se fueron al oeste, al Gran Bosque, en Wisconsin. Ma iba mucho a la moda antes de casarse con Pa y
una modista le confeccionaba la ropa.

El vestido de muselina de lana estaba guardado, envuel-

to en papel, y Laura y Mary nunca habían visto a su madre
con el vestido puesto, pero ella les había enseñado el vestido
en una ocasión. Les había permitido que tocasen los bonitos
botones color granate que cerraban la abertura frontal del
corpiño y les había mostrado las costuras en su interior, cerca de las ballenas, pulcramente cosidas con pequeños pun-
tos de cruz.

La importancia de un baile quedaba demostrada si Ma
pensaba ponerse el hermoso vestido de muselina. Laura y
Mary estaban excitadas. Saltaban sobre las rodillas de Pa
y le hacían preguntas sobre el baile hasta que finalmente él
les ordenó:

—Ahora, pequeñas, ¡corriendo a la cama! Ya lo sabréis
todo sobre el baile cuando estéis allí. Tengo que poner una
cuerda nueva en el violín.

Era necesario lavar dedos pringosos y bocas dulces. Quedaban todavía los rezos de costumbre. Cuando Laura y Mary
estuvieron listas y acostadas en su cama de ruedas, Pa y su
violín estaban ambos cantando mientras él seguía el compás
con el pie dando golpes en el suelo.

Soy el capitán Jinks de los Horse Marines,
alimento mi caballo con maíz y judías
y a menudo me paso de la raya.
Pues yo soy el capitán Jinks de los Horse Marines.
¡Soy capitán del ejército!

Capítulo ocho

BAILE EN CASA DEL ABUELO

El lunes por la mañana todos se levantaron temprano, con prisas, para ir a casa del abuelo. Pa quería llegar pronto para ayudar en la tarea de recoger y hervir la savia. Ma ayudaría a la abuela y a las tías a preparar los buenos manjares para todos los que irían al baile.

Desayunaron, lavaron la loza e hicieron las camas a la luz de la lámpara. Pa colocó cuidadosamente su violín en el estuche y lo dejó en el gran trineo que ya estaba a punto en el portal.

El aire era frío, helado, y la luz era grisácea cuando Laura, Mary y Ma con el Bebé Carrie subieron al trineo, cómodo y caliente debajo de las mantas y sobre la paja del fondo.

Los caballos sacudían la cabeza y hacían cabriolas agitando alegremente los cascabeles cuando emprendieron la marcha por el camino que cruzaba el Gran Bosque hasta la casa del abuelo.

La nieve era húmeda y suave en el camino, de modo que el trineo se deslizaba rápidamente por encima y los grandes árboles parecían apresurarse a ambos lados.

Poco después el sol brillaba en el bosque y el aire centelleaba. Los largos rayos de luz amarillenta se introducían entre las sombras de los troncos de los árboles, y la nieve se coloreó ligeramente de rosa. Todas las sombras eran delgadas y azules, y cada pequeña curva de la nieve amontonada y cada pequeña huella en la nieve tenía una sombra.

Pa mostró a Laura las huellas de las criaturas salvajes en la nieve a los lados del camino. Las huellas pequeñas, saltarinas, de los conejillos cola de algodón, las pequeñas huellas de los ratones de campo, y las huellas leves, como marcas de plumas, de los pájaros de la nieve. Había huellas mayores, como de perro, por donde los zorros habían pasado, y también vieron las huellas de un ciervo que se había alejado saltando entre los árboles del bosque.

El aire se estaba calentando y Pa dijo que ahora la nieve ya no duraría mucho.

El tiempo transcurrió rápidamente y el trineo, con el tintineo de los cascabeles, entró en el claro donde el abuelo tenía su casa. La abuela salió a la puerta y se quedó allí, sonriente, invitándoles a entrar.

Les dijo que el abuelo y tío George ya estaban trabajando en el bosque de arces. De modo que Pa fue a ayudarles mientras Laura, Mary y Ma, llevando a Carrie en los brazos, entraban en casa de la abuela y se quitaban los abrigos.

A Laura le encantaba la casa de los abuelos. Era mucho mayor que la de ellos. Había una gran habitación y otra más pequeña que era de tío George, y quedaba otra todavía para las tías, Docia y Ruby. Y había una cocina con una gran estufa-fogón.

Era divertido correr y cruzar toda la longitud de la gran habitación desde el hogar de la chimenea en un extremo hasta la cama de la abuela, debajo de la ventana, en el otro lado. El suelo estaba hecho de gruesos tablones anchos que el abuelo había cortado de los troncos con su hacha. El suelo era liso, limpio y blanco, y la gran cama debajo de la ventana era blanda, como un lecho de plumas.

El día les pareció muy corto mientras Laura y Mary jugaban en la gran habitación y Ma ayudaba a la abuela y a las tías en la cocina. Los hombres se habían llevado la comida al bosque de arces de modo que para almorzar no pusieron la mesa sino que comieron bocadillos de venado frío y bebieron leche. Pero para la cena la abuela preparó un budín de maíz.

La abuela estaba de pie, junto al fogón, cribando la harina amarilla de maíz entre sus dedos y vertiéndola dentro de un cazo de agua con sal hirviendo. Mientras tanto, no dejaba de dar vueltas al agua con una cuchara de madera y echó poco a poco la harina hasta que el cazo estuvo lleno de una masa espesa, amarilla, burbujeante. La dejó después detrás del fogón, donde se cocería lentamente.

Olía bien. Toda la casa tenía buen olor, con los aromas dulces y picantes de la cocina, el olor de los leños de hickory ardiendo con unas llamas claras y brillantes en el hogar, y el olor de la manzana con clavos junto al cestito de costura de la abuela, encima de la mesa. El sol entraba a través de los centelleantes cristales de la ventana y todo era grande, espacioso y limpio.

A la hora de cenar Pa y el abuelo regresaron del bosque. Cada uno llevaba sobre los hombros una percha de madera que el abuelo había hecho. Estaban cortadas de modo que se ajustaran a las nucas en la espalda y vaciadas para que encajaran en los hombros. De cada extremo colgaba una cadena con un gancho y de cada gancho pendía un gran cubo de madera lleno de jarabe de arce, caliente.

93

El abuelo y Pa habían traído del bosque el jarabe calentado en la gran olla. Sostenían los cubos con las manos pero el peso colgaba de las perchas apoyadas en sus hombros. La abuela hizo espacio para una gran olla de latón que estaba en el fogón. Pa y el abuelo vertieron el jarabe dentro de la olla, que era tan grande que cupo en ella todo el jarabe contenido en los cuatro grandes cubos.

Tío George llegó entonces con un cubo más pequeño de jarabe y todos cenaron budín de maíz con jarabe de arce.

Tío George hacía poco que había regresado del ejército. Llevaba su chaqueta militar de color azul con botones de cobre. Tenía ojos azules, alegres y descarados. Era grande y ancho, y caminaba balanceándose. Laura estuvo contemplándole todo el rato mientras se comía su pedazo de budín de maíz porque había oído que Pa le decía a Ma que George era un salvaje.

—George se muestra muy salvaje desde que ha regresado de la guerra —había dicho Pa sacudiendo la cabeza como si lo lamentase, pero no se podía hacer nada. Tío George había huido de casa a los catorce años para ser corneta en el ejército.

Laura jamás había visto un hombre salvaje. No sabía si tenía o no tenía miedo de tío George.

Cuando terminaron de cenar, tío George salió fuera y tocó su corneta del ejército, fuerte, largamente. Tenía un sonido agradable, tintineante, que se extendió por el Gran Bosque, que estaba oscuro y silencioso, y los árboles se alzaban como si estuvieran escuchando. De pronto, desde muy lejos, el sonido regresó, fino, claro y tenue, como una pequeña corneta que respondiera a la grande.

—Escuchad —dijo tío George—. ¿No es bonito?

Laura le miró pero no dijo nada y cuando tío George dejó de soplar la corneta ella entró corriendo en la casa.

Ma y la abuela se llevaron los platos y los lavaron, y barrieron el hogar de la chimenea mientras tía Docia y tía Ruby se arreglaban en su cuarto.

Laura se sentó en la cama de sus tías y las estuvo observando mientras peinaban sus largos cabellos y los partían cuidadosamente. Marcaban la raya desde la frente hasta la nuca y después partían el pelo de oreja a oreja. Trenzaron sus cabellos y anudaron las largas trenzas en lo alto. Se habían lavado las manos y la cara y las habían frotado cuidadosamente con jabón, usando la palangana en el banco de la cocina. Utilizaron jabón del almacén y no el jabón resbaladizo de color marrón oscuro que la abuela fabricaba y guardaba en una gran jarra para el uso diario.

Se entretuvieron mucho rato con el cabello de la frente, sosteniendo la lámpara en alto y estudiándolo en el pequeño espejo colgado de la pared. Lo cepillaron tan suavemente en cada lado de la raya blanca que lo partía, que brillaba como seda a la luz de la lámpara. La onda en cada costado brillaba también, y retorcieron los extremos debajo del gran nudo de atrás.

Se calzaron después sus bonitas medias blancas, que ellas mismas habían tejido con hilo fino de algodón, con dibujos de encaje y se abotonaron sus mejores zapatos. Se ayudaron mutuamente con los corsés. Tía Docia tiró tan fuertemente como pudo de los cordones del corsé de tía Ruby, y tía Docia se asió al pie de la cama mientras tía Ruby tiraba de los cordones del corsé de su hermana.

—¡Tira Ruby, tira fuerte! —decía tía Docia, sin aliento—. Tira más fuerte.

Así que tía Ruby afirmó los pies y tiró más fuertemente. Tía Docia se medía la cintura con las manos y finalmente jadeó:

—Supongo que esto es lo más que puedes hacer —añadiendo después—: Caroline dice que Charles podía rodearle la cintura con las manos cuando se casaron.

Caroline era la madre de Laura, y al oír esto Laura se sintió orgullosa.

Tía Ruby y tía Docia se pusieron entonces sus enaguas de franela y sus enaguas lisas y sus enaguas blancas almidonadas, con tejido de encaje en los volantes. Y encima sus bellos vestidos.

El vestido de tía Docia era de color azul oscuro, con ramitas de flores rojas y hojas verdes estampadas. El corpiño se abrochaba en la parte delantera con botones negros, que eran tan idénticos a jugosas grandes bayas negras, que Laura sintió el deseo de probarlos.

El vestido de tía Ruby era de calicó color vino, con un estampado parecido a plumas. Los botones eran dorados y cada botón tenía grabados un castillo y un árbol.

El cuello blanco de tía Docia se sujetaba enfrente con una gran aguja camafeo redonda, que mostraba la cabeza de una dama. Pero tía Ruby sujetó su cuello con una rosa roja de lacre. Ella misma la había hecho con la cabeza de una aguja de remendar que tenía el ojo roto, de modo que ya no servía como aguja.

Tenían un aspecto adorable con sus grandes faldas redondas desplazándose por el suelo tan suavemente. Erguían sus finas cinturas, tirantes y esbeltas, y tenían las mejillas enrojecidas y los ojos brillantes bajo las alas de su cabello liso y brillante.

Ma estaba bella también, con su vestido verde oscuro de muselina y el estampado de pequeñas hojas parecidas a fresas. En la falda tenía volantes fruncidos, drapeados y bordeados con cinta verde oscuro con nudos, y en la garganta lucía un broche de oro. Era una aguja plana, tan larga y tan

ancha como los dos dedos mayores de Laura, y estaba grabada en la superficie y festoneada en los bordes. Ma tenía una apariencia tan exquisita y tan fina que Laura sentía temor de tocarla.

Había comenzado a llegar gente. Venían a pie, cruzando el bosque nevado, con sus linternas, y otros llegaban hasta la puerta en trineos y carromatos. El tintineo de las campanillas sonaba incesantemente.

La gran habitación se llenó de botas altas y faldas ondeantes y jamás en casa de los abuelos había habido tantos bebés reunidos. Tío James y tía Libby habían venido con su pequeña, que se llamaba también Laura Ingalls. Las dos Lauras se inclinaron sobre la cama y contemplaron a los bebés, y la otra Laura dijo que su bebé era más lindo que bebé Carrie.

—¡De ningún modo es más lindo! —exclamó Laura—. Carrie es el bebé más bonito del mundo entero.

—No. No lo es —replicó la otra Laura.

—Sí ¡lo es!

—No, ¡no lo es!

Ma se acercó presurosa con su elegante muselina y dijo severamente:

—¡Laura!

De modo que ninguna de las dos Lauras pronunció ni una palabra más. Tío George estaba tocando su corneta. Producía un alto sonido resonando en la gran habitación y tío George bromeaba, reía y danzaba mientras tocaba la corneta. Pa sacó entonces su violín del estuche y comenzó a tocar y todas las parejas se quedaron en grupos de cuatro y comenzaron a bailar siguiendo las instrucciones de las figuras de Pa.

—¡Grande a la derecha y a la izquierda! —decía Pa, y todas las faldas empezaron a girar y todas las botas a patear.

Los círculos giraban y giraban, todas las faldas en una dirección y las botas hacia el otro lado y las manos aplaudían y subían partiéndose en el aire.

—¡Vuelta, parejas! —gritó Pa—. ¡Cada caballero inclinación a la dama de la izquierda!

Todos hacían lo que Pa ordenaba. Laura vio la falda de Ma balanceándose, y su cintura fina inclinándose, y su cabeza oscura saludando y pensó que Ma era la bailarina más adorable del mundo. El violín cantaba:

¡Oh, chicas de Búfalo!,
¿no vais a salir esta noche?,
¿no vais a salir esta noche?,
¿no vais a salir esta noche?,
¡Oh, chicas de Búfalo!,
¿para bailar a la luz de la luna?

Los pequeños y los grandes círculos giraban, y las faldas se arremolinaban, las botas golpeaban el suelo y las parejas se inclinaban, se separaban y volvían a encontrarse y se saludaban de nuevo.

La abuela estaba sola en la cocina, removiendo el jarabe en la gran olla de latón. Lo hacía siguiendo el compás de la música. Junto a la puerta trasera había un cubo de nieve limpia y de vez en cuando la abuela cogía una cucharada de jarabe y lo vertía sobre un poco de nieve en un platito.

Laura contemplaba de nuevo a los bailarines. Pa estaba tocando ahora «La Lavandera Irlandesa». Y voceó:

Atención, señoras, atención,
¡Dadle fuerte con el dedo y el tacón del pie!

Laura no podía mantener quietos los pies. Tío George la miró y se echó a reír. La tomó de la mano y bailó un poco con ella, en un rincón. A Laura le gustó tío George.

Todo el mundo reía cerca de la puerta de la cocina. Estaban sacando a la abuela de esta pieza. El vestido de la abuela también era bonito: de calicó azul oscuro con hojas otoñales esparcidas por encima. Tenía las mejillas sonrosadas por la risa y sacudía la cabeza negativamente. Llevaba en la mano la cuchara de madera.

—No puedo dejar el jarabe —decía.

Pero Pa inició los compases de «El Viajero de Arkansas» y todos comenzaron a dar palmadas marcando el compás de la música. De modo que la abuela hizo una reverencia y dio unos cuantos pasos de baile. Sabía bailar tan bien como cualquiera de ellos. Las palmadas casi ahogaban la música del violín de Pa.

De pronto, tío George dio un salto y se inclinó profundamente antes de que la abuela comenzara a bailar la jiga. La abuela lanzó su cuchara a alguien. Se colocó las manos en las caderas y se encaró con tío George y todos gritaban. La abuela estaba bailando la jiga.

Laura seguía el compás de la música dando palmadas como hacían todos los demás. El violín sonó como nunca. Los ojos de la abuela resplandecían, sus mejillas estaban enrojecidas y bajo las faldas sus tacones repiqueteaban tan rápidamente como los golpes de las botas de tío George.

Todos estaban entusiasmados. Tío George siguió saltando y la abuela continuó de cara a él, brincando también. El violín no paraba. Tío George respiraba ruidosamente y se secaba el sudor de la frente. Los ojos de la abuela brillaban maliciosamente.

—No puedes vencerla, George —gritó alguien.

Tío George bailó entonces más deprisa. Y lo mismo hizo la abuela. Bailaba saltando con toda la rapidez de que era capaz. Todos vitorearon nuevamente. Las mujeres reían y daban palmadas y los hombres abucheaban a George. A éste no le importaba pero empezaba a faltarle el aliento para poder reír. Estaba bailando la jiga.

Los azules ojos de Pa también centelleaban. Estaba de pie, contemplando a George y a la abuela y el arco danzaba sobre las cuerdas del violín. Laura chillaba y aplaudía.

La abuela continuó bailando. Tenía las manos puestas en las caderas, la barbilla alzada y sonreía. George continuó bailando también pero sus botas ya no golpeaban el suelo tan ruidosamente como al principio. Los tacones de la abuela taconeaban alegremente. De la frente de George se escurrió una pequeña gota de sudor que brilló en su mejilla.

De pronto, George levantó los brazos y jadeó:

—¡Estoy rendido!

Y dejó de bailar.

Se armó un gran alboroto y todos gritaban, pateaban y vitoreaban a la abuela. Ésta continuó bailando la jiga un minuto más todavía y por fin se detuvo. Reía jadeante. Los ojos le brillaban justo como los de Pa cuando éste se reía. George también reía mientras se secaba la frente con la manga. Bruscamente, la abuela dejó de reír. Dio media vuelta y echó a correr tan aprisa como pudo hacia la cocina. El violín había dejado de sonar. Todas las mujeres hablaban al mismo tiempo y todos los hombres bromeaban con George, pero todos callaron un momento al ver a la abuela corriendo.

Ella apareció entonces en la puerta entre la cocina y la gran habitación y declaró:

—El jarabe está cuajando. Venid y servíos.

En aquel momento todos empezaron a hablar y a reír de nuevo. Se apresuraron hacia la cocina a buscar platos y al exterior para llenarlos de nieve. La puerta de la cocina estaba abierta y entraba el aire frío.

Las estrellas aparecían heladas en el cielo y el aire mordisqueaba las mejillas y la nariz de Laura. Se aliento era como el humo. Ella y la otra Laura, y el resto de niños, recogieron nieve con sus platos. Volvieron después a la cocina llena de gente.

La abuela estaba junto a la olla de latón y con la gran cuchara de madera vertía jarabe caliente en cada plato lleno de nieve. Se enfriaba el jarabe y se convertía en caramelo blando. Tan pronto como estaba frío se lo comían.

Podían comer cuanto les apeteciera pues el jarabe de arce

nunca hizo daño a nadie. Había jarabe sobrante en la olla y nieve sobrante en el exterior. Tan pronto como vaciaban un plato lo llenaban otra vez con nieve y la abuela les ponía más jarabe.

Cuando ya se hubieron hartado de comer caramelo blando de arce y no podían tragar más, se sirvieron tortas de calabaza, de bayas secas, y galletitas y pastelitos que había en abundancia sobre la larga mesa. También había pan con sal, tocino hervido frío y encurtidos. ¡Qué agrios eran los encurtidos!

Todos comieron hasta hartarse y comenzaron a danzar nuevamente. La abuela, no obstante, vigilaba el jarabe en la olla. A menudo sacaba un poco que vertía en un platito y lo agitaba una y otra vez. Entonces sacudía la cabeza y volvía el jarabe a la olla.

En la otra habitación reinaba el ruido y la alegría con la música del violín y el barullo de la danza.

Finalmente, mientras la abuela agitaba el jarabe en el plato éste se convirtió en pequeños granos, semejantes a arena y la abuela gritó:

—¡Rápido, chicas! ¡Ya granula!

Tía Ruby, tía Docia y Ma dejaron el baile y se acercaron corriendo. Sacaron cazos. Grandes cazos y pequeños cazos y con la misma rapidez con que la abuela los llenaba con el jarabe ellas sacaban más y más. Dejaban los cazos llenos a un lado para que el contenido se convirtiera en azúcar de arce.

La abuela dijo entonces:

—Traed los cazos de fiesta para los niños.

Hubo un cazo de fiesta, o por lo menos una taza o un platito roto para cada niño y niña. Todos miraban ansiosamente mientras la abuela servía el jarabe. Quizá no habría bastante. Alguien, en ese caso, tendría que ser generoso y educado.

Hubo jarabe suficiente para todos. Los últimos restos en la olla de latón llenaron exactamente el último cazo de fiesta. Nadie se quedó sin él.

La música y la danza continuaron sin parar. Laura y la otra Laura observaban a los bailarines yendo de un lado para otro. Después se sentaron en el suelo, en un rincón, y continuaron observando. El baile era tan bonito y la música tan alegre que Laura sabía que jamás se cansaría de escuchar.

Aquellas hermosas faldas giraban y giraban, las botas continuaban golpeando el suelo y el violín continuaba sonando alegremente.

Cuando Laura despertó, se encontró tumbada de través a

los pies de la cama de la abuela. Ya era de día. Ma y la abuela y el bebé Carrie estaban en la cama. Pa y el abuelo dormían arropados en mantas en el suelo, junto al hogar. Mary no se veía por parte alguna: dormía en la cama de tía Docia y tía Ruby con ellas.

Pronto todo el mundo se levantó. Había panqueques y jarabe de arce para desayunar. Pa trajo después los caballos y el trineo delante de la puerta.

Ayudó a subir a Ma y el bebé Carrie, mientras el abuelo levantaba en brazos a Mary y tío George hacía lo propio con Laura y las arrojaron por encima del borde del trineo, sobre la paja. Pa las arropó con las mantas, y el abuelo, la abuela, y tío George no cesaban de gritar «¡Adiós, adiós!», mientras se alejaban adentrándose en el Gran Bosque, camino de casa.

El sol calentaba y los caballos levantaban con su trote pequeños salpicones de barro con las patas. Detrás, en el trineo, Laura veía las huellas de sus patas y cada huella había aplastado la fina capa de nieve, clavándose en el barro.

—Antes de la noche —dijo Pa— veremos el final de la nieve de azúcar.

Capítulo nueve

VISITA A LA CIUDAD

Cuando la nieve de azúcar hubo desaparecido, llegó la primavera. Los pájaros cantaban en los frondosos avellanos a lo largo de la torcida valla de raíles. La hierba crecía, verde nuevamente, y en los bosques abundaban las flores silvestres. Los ranúnculos, las violetas y las diminutas florecillas entre la hierba florecían por todas partes.

Tan pronto como los días fueron cálidos, Laura y Mary pidieron que las dejasen andar descalzas. Al principio corrían descalzas solamente alrededor de la pila de leña. Al día siguiente se alejaron un poco más y muy pronto lustraron sus zapatos y los guardaron, y andaban descalzas todo el día.

Todas las noches tenían que lavarse los pies antes de acostarse. Mas por debajo del borde de sus vestidos, sus pies y sus tobillos eran tan oscuros como sus rostros.

Bajo los dos grandes robles que había delante de la casa Mary y Laura tenían sus casitas de juego.

La de Mary se encontraba debajo del árbol de Mary y la de Laura debajo del árbol de Laura. La hierba blanda era su alfombra verde. Las verdes hojas eran los techos y a través de ellas podían ver fragmentos del cielo azul.

Pa construyó un columpio de corteza tosca y lo colgó de una gruesa rama bajo el árbol de Laura. Era el columpio de Laura porque estaba en su árbol, pero tenía que ser generosa y permitir que Mary se columpiara siempre que quisiera hacerlo.

Mary tenía un plato roto para jugar y Laura una bonita taza a la que le faltaba solamente un gran trozo. Charlotte y Nettie y los dos hombrecillos que Pa había hecho, vivían en la casa de juego con ellas. Todos los días hacían nuevos sombreros con hojas para Charlotte y para Nettie, y las hojas les servían también de tazas y platos que colocaban sobre su mesa. La mesa era una bonita roca lisa.

Sukey y *Rose*, las vacas, ahora podían andar libremente por el bosque para comer la hierba silvestre y las jugosas hojas nuevas. En el establo había dos pequeños ternerillos y siete cerditos con su madre, la marrana, en la pocilga.

En el claro que Pa había hecho el año anterior ahora cultivaba la tierra alrededor de los troncos para recoger sus cosechas. Una noche, al regresar de su trabajo, le dijo a Laura:

—¿Qué crees que he visto hoy?

Ella no supo adivinarlo.

—Bueno —dijo Pa—. Mientras estaba en el claro esta mañana alcé la mirada y allí, en el límite del bosque, había un ciervo. Era una hembra, una madre ciervo, y nunca adivinarías quién la acompañaba.

—¡Un cervatillo! —adivinaron Laura y Mary al mismo tiempo juntando las manos.

—Sí —respondió Pa—, su cervatillo estaba junto a ella. Era un animalito lindo, de un

color castaño claro y unos ojos grandes y oscuros. Tenía unos pies diminutos, no mucho mayores que mi pulgar, y unas patas flacas y el hociquillo más suave que podáis ver jamás. Estaba allí mirándome con sus grandes ojos dulces, pensando qué cosa debía ser yo. No tenía ningún miedo.

—¿Tú nunca dispararías contra un cervatillo bebé, verdad, Pa? —preguntó Laura.

—No, jamás —respondió su padre—. Ni a su madre ni a su padre. Ahora se ha terminado la caza hasta que los animales del bosque hayan crecido. Tendremos que arreglárnoslas sin carne fresca hasta el otoño.

Pa dijo que tan pronto como hubiera recogido la cosecha irían a la ciudad. Laura y Mary también irían. Ahora ya tenían edad suficiente.

Las niñas estaban entusiasmadas y al día siguiente intentaron jugar a «ir a la ciudad». No podían hacerlo muy bien porque no estaban seguras de cómo era una ciudad. Sabían que había una tienda, pero jamás habían visto una tienda o un almacén.

Casi todos los días después de aquél, Charlotte y Nettie preguntaban si podían ir a la ciudad. Laura y Mary siempre les respondían:

—No, cariño, este año tú no puedes ir. Quizás el año próximo, si te portas bien, podrás ir.

—Mañana iremos a la ciudad —anunció Pa una noche.

Aquella noche, a pesar de estar en mitad de la semana, Ma bañó a Laura y a Mary meticulosamente, y les peinó en alto su largo cabello. Lo dividió en mechones, peinó cada mechón con el peine húmedo y lo ató fuertemente con un trozo de trapo. En sus cabezas había pequeños bultos, y aunque diesen vueltas sobre sus almohadas, por la mañana tendrían el cabello rizado.

Se sentían tan excitadas que tardaron en dormirse. Ma no estaba sentada con su cesta de costura como de costumbre. Estaba atareada preparándolo todo para un desayuno rápido y dejando a punto las mejores medias, enaguas y vestidos, la mejor camisa de Pa y su propio calicó marrón oscuro estampado con las pequeñas flores púrpura.

Los días ya eran más largos. Por la mañana, Ma sopló la lámpara antes de que terminasen de desayunar. Era una bella y clara mañana de primavera.

Ma apremió a Mary y a Laura para que desayunaran y lavó rápidamente la loza. Las niñas se pusieron las medias y los zapatos mientras ella hacía las camas. Después las ayudó a ponerse sus mejores vestidos —el calicó azul porcelana de Mary y el calicó rojo oscuro de Laura—. Mary abotonó el vestido en la espalda de Laura, y Ma abotonó el de Mary.

Ma deshizo los trapitos anudados en sus cabellos y peinó los rizos, que les llegaban hasta los hombros. Las peinaba tan aprisa que los tirones dolían tremendamente. El cabello de Mary era de un bonito color dorado pero el de Laura sólo era de un tono marrón sucio.

Cuando los rizos estuvieron peinados, Ma les ató las cofias debajo de la barbilla. Se sujetó el cuello del vestido con la aguja de oro y estaba poniéndose el sombrero cuando Pa llegaba al portal conduciendo el carro.

Había cuidado de los caballos hasta que parecían resplandecer. También había barrido la caja del carro y dejado una manta limpia en el asiento. Ma, con el bebé Carrie en los brazos, se sentó en el carro junto a Pa, y Laura y Mary se sentaron en una tabla clavada de través en la caja del carro, detrás del asiento.

Todos se sentían muy felices al cruzar el bosque primaveral. Carrie reía y saltaba. Ma sonreía y Pa silbaba conduciendo los caballos. El sol era brillante y cálido en el camino. Del frondoso bosque llegaban aromas frescos y agradables.

Frente a ellos, en el camino, los conejos estaban de pie, con sus patitas delanteras colgando y sus naricillas olfateando, y el sol brillaba a través de sus altas orejas temblorosas. Se alejaban saltando, ofreciendo una visión de su pequeña cola blanca. Por dos veces Laura y Mary vieron un ciervo

que les observaba, con sus grandes ojos oscuros, desde las
sombras entre los árboles.

Había siete millas de distancia hasta la ciudad. Laura comenzó a vislumbrar agua azul entre los árboles. El camino
duro se estaba convirtiendo en arenoso y blando. Las ruedas
del carro se hundían en la arena y los caballos tiraban fuerte
y sudaban. Pa los detenía a menudo unos minutos para que
pudieran descansar.

De pronto, el camino salió del bosque y Laura vio el lago.
Era tan azul como el cielo y llegaba hasta el borde del mundo. Hasta donde ella podía ver no había nada sino tranquila
agua azul. Muy a lo lejos el cielo y el agua se encontraban y
allí se veía una línea azul más oscura.

El cielo era inmenso sobre ellos. Laura no sabía que el
cielo fuese tan extenso. Había tanto espacio vacío alrededor
de ella que se sintió pequeña y asustada, y contenta de que
Pa y Ma estuviesen allí.

De pronto el sol quemaba. Estaba casi encima de sus
cabezas, en el gran cielo vacío y el bosque fresco quedó detrás del borde del lago. Incluso el Gran Bosque parecía más
pequeño debajo de tanto cielo.

Pa detuvo los caballos y se volvió en su asiento. Señaló
hacia el frente con el látigo.

—Ahí la tenéis, Laura y Mary —dijo—. Ahí tenéis la
ciudad de Pepin.

Laura se encaramó en la tabla y Pa la sostuvo segura en
brazos para que ella pudiera ver la ciudad. Al verla, casi no
pudo respirar. Ahora comprendió cómo se sentía Yankee
Doodle cuando no podía ver la ciudad porque había tan-
tísimas casas.

En la orilla del lago se alzaba un gran edificio. Era el

almacén, explicó Pa. No estaba construido con troncos. Estaba hecho de grandes tablones grises, verticales. A su alrededor se extendía la arena.

Detrás de la tienda había un claro mayor que el claro de Pa en el bosque cerca de la casa. Entre los troncos de árboles había más casas que las que Laura podía contar. No estaban construidas con troncos sino con tablones, como la tienda.

Laura no había imaginado nunca tantas casas y tan juntas. Naturalmente, eran mucho más pequeñas que el almacén. Una de ellas estaba construida con tablones nuevos que no habían tenido tiempo de volverse grises: tenían el color amarillo de la madera recién cortada.

En todas aquellas casas vivía gente. De sus chimeneas salía humo. Aunque no era lunes, algunas mujeres habían tendido la colada sobre los matorrales y troncos cerca de su casa. En el espacio abierto, entre la tienda y las casas, un grupo de niñas y niños jugaba al sol. Saltaban de un tronco a otro y gritaban.

—Bueno, eso es Pepin —dijo Pa.

Laura se limitó a asentir con la cabeza. Miraba y remiraba y no podía pronunciar palabra. Al cabo de un rato, se sentó de nuevo y los caballos prosiguieron el camino.

Dejaron el carro junto al lago. Pa desenganchó los caballos y los ató uno a cada lado de la caja del carro. Después tomó de la mano a Laura y a Mary, y Ma caminaba a su lado llevando el bebé Carrie. Caminaron por la arena profunda hasta la tienda. La arena caliente se introducía en los zapatos de Laura.

Frente a la tienda había una ancha plataforma y a un lado unos peldaños. El corazón de Laura latía tan aprisa que casi no pudo subirlos. Estaba temblando.

Aquélla era la tienda a la que Pa venía a comerciar sus pieles. Al entrar, el propietario le reconoció. Salió de detrás del mostrador y le habló, y se dirigió también a Ma, y entonces Laura y Mary tuvieron que mostrar sus buenos modales.

—¿Cómo está usted? —dijo Mary. Pero Laura no pudo pronunciar palabra.

El almacenista se dirigió a Pa y a Ma:

—Tenéis una hija muy linda.

Y admiró los dorados rizos de Mary. Pero no dijo nada sobre Laura o sobre sus rizos. Eran feos y castaños.

La tienda estaba llena de cosas admirables. En un lado había estantes llenos de calicós y estampados de colores. Hermosos colores rosas y azules, y rojos, marrones y púrpuras. En el suelo, junto a los mostradores, había barriletes llenos de clavos y otros llenos de perdigones, grises y redondos y también había grandes cubos de madera llenos de caramelos. Había sacos de sal y sacos de azúcar de almacén.

En medio de la tienda había un arado de madera reluciente, con su brillante reja de arado y también palas aceradas de hacha, cabezas de martillo, sierras y toda clase de cuchillos —de caza y de desuello, de carnicero, y también navajas—. Grandes botas y pequeñas botas, grandes zapatos y pequeños zapatos.

Laura hubiera podido estar contemplando durante semanas y no poder ver todas las cosas que había en aquella tienda. Ignoraba que en el mundo pudiera haber tantas cosas.

Pa y Ma estuvieron tratando durante un largo rato. El tendero bajó rollos y más rollos de bellos calicós y los exhibía para que Ma pudiera tocarlos, contemplarlos y saber su precio. Laura y Mary podían mirar pero no tocar. Cada nue-

vo color y estampado era más bonito que el anterior y ¡había tantos! Laura no sabía cómo Ma podría decidirse por alguno de ellos.

Ma escogió dos modelos de calicó para hacer camisas a Pa y una pieza de dril marrón para hacerle una chaqueta. Después escogió tela blanca para hacer sábanas y ropa interior. Pa escogió calicó suficiente para que Ma se hiciera una bata nueva.

—Oh, no, Charles —le dijo ella—. En realidad, no la necesito.

Pero Pa se echó a reír y le dijo que tenía que escogerlo o sino él le compraría la pieza color rojo vivo con el gran estampado amarillo. Ma sonrió y se ruborizó y escogió una ropa estampada de capullos de rosa y hojas sobre un fondo beige. Pa escogió para él un par de tirantes y tabaco para fumar en pipa. Ma compró una libra de te y un paquetito de azúcar de almacén para tener en casa para las visitas. Era un azúcar color marrón claro y no marrón oscuro como el azúcar de arce que Ma utilizaba todos los días.

Cuando hubieron hecho todas las compras, el tendero dio un caramelo a cada niña. Ellas se sorprendieron y estaban tan complacidas que se quedaron de pie contemplando sus caramelos. Entonces Mary se acordó y dijo:

—Gracias.

Laura no pudo hablar. Todos esperaban, pero ella no pudo pronunciar ni una palabra. Ma tuvo que indicarle:

—¿Qué dices, Laura?

Laura abrió entonces la boca, tragó saliva y susurró:

—Gracias.

Luego salieron de la tienda. Los caramelos eran blancos, planos y delgados, en forma de corazón. Había algo escrito, encima, en letras rojas. Ma lo leyó para ellas. La de Mary decía:

Las rosas son rojas
las violetas azules.

El azúcar es dulce.
Y también lo eres tú.

La de Laura decía:

Dulzura para lo dulce.

Los caramelos eran exactamente del mismo tamaño. Las letras del caramelo de Laura eran mayores que las del de Mary.

Cruzaron la arena regresando al carro junto a la orilla del lago. Pa dio de comer avena a los caballos, que había traído para ese fin, en el fondo de la caja del carro. Ma abrió la caja de la comida.

Se sentaron en la arena caliente, cerca del carro y comieron pan con mantequilla y queso, huevos duros y galletas. Las olas del lago Pepin se curvaban en la orilla, a sus pies, y retrocedían con un leve ruido siseante.

Después de comer, Pa volvió a la tienda para conversar un poco con los otros hombres. Ma permaneció silenciosamente sentada con Carrie hasta que el bebé se durmió. Pero Mary y Laura corrieron a lo largo de la orilla, recogiendo lindas piedrecillas pulidas por las olas.

En el Gran Bosque no había piedras como aquéllas.

Cuando Laura encontraba una piedra bonita, se la metía en el bolsillo y, había tantas, cada una más bonita que la anterior, que se llenó el bolsillo. Pa las llamó entonces y ambas corrieron hasta el carro, pues los caballos ya estaban enganchados y había llegado la hora de regresar a casa.

Laura se sentía muy feliz al correr por la arena para acercarse a su padre, con todas aquellas lindas chinas en el bolsillo. Pero cuando Pa la agarró y la lanzó alegremente dentro de la caja del carro sucedió algo terrible.

Las pesadas piedrecillas le rasgaron el bolsillo arrancándolo del vestido. Cayó el bolsillo y las piedras rodaron por el fondo de la caja del carro.

Laura se echó a llorar porque había roto su vestido.

Ma entregó Carrie a Pa y se acercó rápidamente para ver el desgarrón. Dijo entonces que no había motivo para preocuparse.

—Deja de llorar, Laura —dijo Ma—. Puedo arreglarlo.

Mostró a Laura que el vestido no estaba roto ni el bolsillo tampoco. El bolsillo era una pequeña tela cosida en la costura de la falda del vestido y colgando por dentro. Sólo se habían roto las costuras. Ma podía coser nuevamente el bolsillo, y quedaría como nuevo.

—Recoge esas lindas piedrecillas, Laura —dijo Ma—. Y, otra vez, no seas tan avariciosa.

De modo que Laura recogió las piedras, las metió en el bolsillo y sostuvo éste en la falda. No le importó demasiado cuando Pa se burló de ella por ser una niña tan avariciosa que se había llevado más de lo que podía transportar.

A Mary nunca le había sucedido nada semejante. Mary era una niña buena que siempre conservaba limpio y pulido su vestido y cuidaba sus maneras. Mary tenía adorables rizos dorados y su caramelo en forma de corazón tenía una poesía grabada.

Mary parecía muy buena y muy dulce, limpia y aseada, sentada en el tablón, al lado de Laura, quien pensó que no era justo.

Pero había sido un día tan maravilloso, el día más maravilloso de toda su vida. Se acordaba del hermoso lago que había visto, y la gran tienda llena de tantas cosas. Puso con sumo cuidado las piedrecillas en su regazo y envolvió cuidadosamente el corazón de caramelo con su pañuelo hasta que llegase a casa y pudiera guardarlo para siempre. Era demasiado bonito para comérselo.

El carro traqueteaba por el camino de vuelta a casa cruzando el Gran Bosque. El sol se puso y el bosque se oscureció pero se alzó la luna antes de desaparecer el crepúsculo. Y allí estaban a salvo porque Pa tenía su rifle.

La suave luz de la luna descendió a través de las copas de los árboles y formó parches de luz y de sombra en el camino al frente. Las patas de los caballos resonaban con un alegre clípeti-clop.

Laura y Mary no decían nada porque estaban muy cansadas y Ma permanecía silenciosa, con el bebé Carrie que dormía en sus brazos. Pero Pa cantaba dulcemente:

En medio de placeres y palacios
que podamos disfrutar.
Aunque humilde el espacio
no hay lugar como el hogar.

Capítulo diez

VERANO

Había llegado el verano y la gente se visitaba. Algunas veces tío Henry, tío George o el abuelo, cruzaban el Gran Bosque a caballo para ver a Pa. Ma salía a la puerta y preguntaba cómo estaban todos y añadía:

—Charles está en el claro.

Entonces se disponía a preparar más comida que de costumbre y el tiempo del almuerzo sería más prolongado. Pa, Ma y el visitante permanecían sentados charlando un buen rato antes de volver al trabajo.

Algunas veces Ma permitía que Laura y Mary cruzaran el camino y bajaran por la colina para visitar a la señora Peterson. Los Peterson se habían instalado recientemente. Su casa era nueva y estaba siempre muy pulcra porque la señora Peterson no tenía hijas pequeñas que la desordenaran. Era de nacionalidad sueca y enseñó a Laura y a Mary las bonitas cosas que había traído de Suecia —encajes, bordados de colores y porcelana.

La señora Peterson hablaba sueco con ellas y ellas le hablaban en inglés, pero se entendían perfectamente. Siempre les daba una galleta al marchar y ellas la mordisqueaban muy lentamente camino de casa.

Laura mordía exactamente la mitad de su galleta, y Mary mordía exactamente la mitad de la suya reservando las otras mitades para el bebé Carrie. Cuando llegaban a casa el bebé Carrie tenía dos mitades de galleta y eso sumaba una galleta entera.

No era justo. Todo lo que ellas querían era compartir con justicia con Carrie las galletas recibidas. No obstante, si Mary conservaba la mitad de su galleta mientras que Laura se la comía entera, o si Laura se comía la mitad y Mary se comía la suya entera, eso tampoco sería justo.

No sabían qué hacer. De manera que cada una se guardaba la mitad y se la daba a bebé Carrie. Pero siempre sentían que, de algún modo, aquello no era del todo justo.

Algunas veces un vecino les avisaba de que la familia vendría a pasar el día. Ma hacía limpieza extra y cocinaba extra y abría el paquete de azúcar del almacén. Y en el día señalado se acercaba un carro al portal, por la mañana, y aquel día había niños desconocidos con quienes jugar.

Cuando vinieron el señor y la señora Huleatt trajeron a Eva y Clarence con ellos. Eva era una linda niña de ojos negros y rizos negros. Jugaba cuidadosamente y conservaba limpio y planchado su vestido. A Mary le gustó pero Laura prefería jugar con Clarence.

Clarence era pelirrojo y pecoso, y siempre reía. Sus trajes también era bonitos. Llevaba uno de color azul, abrochado por delante con dorados botones brillantes y adornado con galón, y calzaba zapatos con tiras de cobre encima de los dedos de los pies, unas tiras tan brillantes que Laura deseó ser un chico. Las niñas pequeñas no solían llevar esas tiras en los zapatos. Laura y Clarence corrían, gritaban y se encaramaban a los árboles, mientras Mary y Eva andaban calmosamente una al lado de la otra y hablaban. Ma y la señora Huleatt charlaban y hojeaban un «Godey's Lady's Book» que la señora Huleatt había traído, y Pa y el señor Huleatt examinaban los caballos y las cosechas y fumaban en pipa.

En una ocasión vino tía Lotty a pasar el día. Por la mañana Laura tuvo que estar de pie mucho rato mientras Ma le deshacía las tiras de tela que ataban sus cabellos y la peinaba formando largos rizos. Mary estaba dispuesta, sentada con primor en una silla, con sus dorados y relucientes tirabuzones y su vestido azul porcelana limpio y planchado.

A Laura le gustaba su propio vestido rojo. Pero Ma tiraba terriblemente de su pelo y era castaño en vez de dorado, de modo que nadie lo notaba. Todos notaban y admiraban el pelo de Mary.

—¡Ya está! —exclamó Ma finalmente—. Lleváis las dos un bonito rizado y tía Lotty está llegando. Id a recibirla y preguntadle cuál le gusta más, si los rizos castaños o los dorados.

Laura y Mary echaron a correr por el sendero pues tía Lotty ya estaba en el portal. Tía Lotty era una chica alta, mucho más alta que Ma. Llevaba un bonito vestido rosa y balanceaba un gorrito rosa cogido de una cinta.

—¿Cuál de los dos te gusta más, tía Lotty, los rizos castaños o los rizos dorados? —le preguntó Mary.

Ma les había dicho que le preguntaran aquello y Mary

era una niña obediente que siempre hacía exactamente lo que se le ordenaba.

Laura esperaba la contestación de tía Lotty, y se sentía desgraciada.

—Me gustan los dos igual —dijo tía Lotty, sonriente. Tomó a Mary y a Laura de la mano, una a cada lado y recorrieron bailando el sendero hasta la puerta de la casa donde Ma las esperaba.

Los rayos del sol entraban en la casa y todo estaba ordenado y bonito. La mesa cubierta con un paño rojo y la estufa negra reluciente. Por la puerta del dormitorio Laura vio la cama de ruedas en su lugar debajo de la gran cama. La puerta de la despensa estaba completamente abierta dejando ver y oler los buenos manjares en los estantes y la gata *Negra Susana* bajó ronroneando por la escalera desde el ático donde había estado durmiendo.

Todo era tan agradable y Laura se sentía tan alegre y tan buena que nadie hubiera creído que se portaría tan mal como ocurrió aquella tarde.

Tía Lotty se había marchado y Laura y Mary se sentían cansadas y de mal humor. Estaban recogiendo unas cuantas astillas de la pila de leña para avivar el fuego por la mañana. No les gustaba la tarea pero todos los días tenían que hacerla. Aquella tarde la odiaban más que nunca.

Laura cogió la astilla más grande y Mary dijo:

—Me da igual. A tía Lotty le gusta más mi pelo, de todos modos. El pelo dorado es mucho más bonito que el castaño.

La garganta de Laura se hinchó ligeramente y no pudo decir nada. Sabía que el cabello dorado era más bonito que el castaño. No podía hablar, de modo que alargó rápidamente la mano y abofeteó a Mary.

Oyó inmediatamente la voz de Pa:

—Ven aquí, Laura.

Ella se le acercó, lentamente, arrastrando los pies. Pa estaba sentado dentro, justo al lado de la puerta. La había visto abofetear a Mary.

—Recordarás —dijo Pa— que os dije, hijas, que nunca debíais pegaros.

—Pero Mary ha dicho... —comenzó Laura.

—Es igual —interrumpió Pa—. Es lo que yo os dije lo que importa.

Descolgó entonces un cinturón y azotó a Laura con la correa.

Laura se sentó en una silla, en un rincón, y sollozó. Cuando dejó de llorar continuó cabizbaja y mohína. La única cosa en todo el mundo que pudo consolarla fue que Mary tuvo que recoger sola las astillas.

Finalmente, cuando ya oscurecía, Pa habló nuevamente.

—Ven aquí, Laura —su voz era bondadosa, y cuando Laura se le acercó la sentó en su rodilla y la abrazó. Ella se acurrucó en el pliegue de su brazo y apoyó la cabeza en su hombro. Sus largas patillas castañas cubrieron en parte los ojos de Laura y todo estuvo bien de nuevo.

Laura contó a Pa lo sucedido y le preguntó:

—¿A ti no te gusta más el cabello dorado que el castaño, verdad, Pa?

Los ojos azules de Pa brillaron al mirarla y le respondió:

—Bueno, Laura, mi cabello es castaño.

Ella no había pensado en eso. El cabello de Pa era castaño y su barba era de color castaño y pensó entonces que el color castaño era un bonito color. A pesar de todo estaba contenta porque Mary había tenido que recoger sola todas las astillas.

En los atardeceres de verano Pa no contaba historias o tocaba el violín. Los días de verano eran largos y él estaba cansado después de haber estado trabajando duramente todo el día en los campos.

Ma también estaba atareada. Laura y Mary la ayudaban a arrancar malas hierbas en el jardín y a dar la comida a los terneros y a las gallinas. Recogían los huevos y la ayudaban a hacer queso.

Cuando la hierba había crecido y era espesa en el bosque, las vacas daban mucha leche y había llegado el momento de hacer queso.

Alguien tenía que matar un ternero pues el queso no se podía fabricar sin cuajo y el cuajo es el forro del estómago de un joven ternero. El ternero ha de ser muy joven para que nunca haya comido nada, solamente leche.

Laura temía que Pa matase uno de los pequeños terneros del establo. Eran tan dulces... Uno era de color beige y el otro era rojizo con un pelo suave y ojos grandes, interrogantes. El corazón de Laura latía aprisa cuando Ma hablaba con Pa sobre la fabricación del queso.

Pa no iba a matar a ninguno de sus terneros porque eran terneras y algún día se convertirían en vacas. Fue a casa del abuelo y a casa de tío Henry para hablar sobre la elaboración del queso y tío Henry dijo que mataría uno de sus terneros. Habría suficiente cuajo para tía Polly, el abuelo y Ma.

De modo que Pa volvió a casa de tío Henry y regresó con

un pedazo del estómago del ternerillo. Era como un suave pedazo de cuero grisáceo-blanco, arrugado y áspero por un lado.

Después de ordeñar las vacas por la noche, Ma dejaba la leche en cazos. Por la mañana espumaba la crema para convertirla en mantequilla más tarde. Después, una vez fría la leche de la mañana, la mezclaba con la leche espumada y lo dejaba todo sobre el fogón para que se calentara.

Un poco de cuajo, atado dentro de una bolsa de tela, estaba en remojo con agua caliente.

Cuando la leche se había batido lo suficiente, Ma escurría cada gota de agua del cuajo dentro del trapo y vertía el agua dentro de la leche. Agitaba bien y dejaba la leche en un lugar caliente cerca del fogón. Al cabo de un rato se espesaba y se convertía en una masa suave y temblorosa.

Con un largo cuchillo, Ma cortaba la masa en pequeños cuadrados y la dejaba reposar mientras la cuajada se separaba del suero. Después, lo vertía todo dentro de un paño y dejaba que el suero líquido y amarillento se escurriera. Cuando ya no goteaba suero del paño, Ma vaciaba la cuajada dentro de un gran cazo y le ponía sal, removiéndola y mezclándola bien.

Laura y Mary estaban siempre con ella, ayudando en lo que podían. Les encantaba comer pedacitos de cuajada cuando Ma le ponía la sal. Crujía entre sus dientes.

Debajo del cerezo, junto a la puerta trasera, Pa había instalado una tabla, encima de la cual presionar el queso. Había cortado dos canales a lo largo de la tabla y colocado ésta entre bloques en los extremos, uno de los cuales era un poco más alto que el otro. Debajo del extremo más bajo se colocaba un cubo vacío.

Ma ponía su aro de madera para moldear el queso sobre la tabla, extendía un trapo limpio y húmedo en el interior y lo llenaba completamente con los trozos de cuajada salada. Lo cubría después con otro trapo húmedo y limpio y lo dejaba encima de una madera redonda, de la medida exacta para que cupiera dentro del molde con el queso. Y a continuación colocaba una piedra pesada encima del redondel.

Durante todo el día la madera redonda se hundía lentamente bajo el peso de la piedra y el suero se desprendía y corría por los canales del tablón para caer dentro del cubo.

A la mañana siguiente Ma sacaba el queso redondo, de un color amarillo pálido, tan grande como un cazo de leche. Preparaba entonces más cuajada y llenaba nuevamente el molde.

Todas las mañanas sacaba el nuevo queso de debajo de la prensa y lo recortaba y pulía. Cosía un trapo fuertemente a su alrededor y frotaba la tela por todas partes con mantequilla fresca. Después, guardaba el queso en un estante de la despensa.

Todos los días limpiaba los quesos cuidadosamente con

un trapo humedecido y los untaba de nuevo por completo con mantequilla fresca girándolos del otro lado. Al cabo de muchos días el queso estaba maduro y cubierto por una dura corteza.

Ma envolvía entonces cada uno de los quesos con papel y los depositaba en el estante alto. Ya no quedaba nada más que hacer sino comerlos.

Laura y Mary disfrutaban con la fabricación de quesos. Les gustaba comer la cuajada que crujía entre sus dientes y les gustaba comer los bordes que Ma recortaba de los grandes quesos, redondos y amarillos, para dejarlos lisos antes de coserlos dentro de su tela.

Ma se reía de ellas porque comían queso sin curar.

—La luna está hecha de queso verde sin curar, cuentan algunas personas —les decía.

El nuevo queso era semejante a una luna llena cuando aparecía por detrás de los árboles. Pero no era verde, era amarillo, como la luna.

—Es verde —les decía Ma— porque todavía no está maduro. Cuando esté curado y maduro ya no será verde.

—¿Está la luna hecha realmente de queso verde? —preguntó Laura y Ma se echó a reír.

—Creo que la gente lo cuenta porque se parece a un queso verde —dijo—. Pero las apariencias son engañosas.

Y mientras secaba todos los quesos verdes y los frotaba con mantequilla, les habló de la luna muerta y fría parecida a un pequeño mundo en donde nada crece.

El primer día que Ma hizo queso, Laura probó el suero. Lo probó sin decírselo a Ma y cuando Ma se volvió y vio la cara de su hija, se echó a reír. Aquella noche, mientras estaba lavando los platos de la cena y Mary y Laura los secaban, Ma contó a Pa que Laura había probado el suero pero no le había gustado.

—No te morirías de hambre con el suero de Ma como le ocurrió a Grimes, que se murió con el de su mujer —dijo Pa.

Laura le pidió que le hablase del viejo Grimes. De modo

que, aunque Pa estaba cansado, sacó el violín del estuche y
tocó y cantó para Laura;

El viejo Grimes ha muerto, ese buen viejo.
No le veremos más.
Solía llevar un viejo abrigo gris
abotonado delante.

La mujer del viejo Grimes hizo queso
con leche espumada.
El viejo Grimes se comió el suero.
Llegó del Oeste un viento del Este
y se llevó al viejo Grimes.

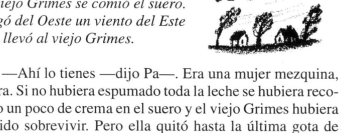

—Ahí lo tienes —dijo Pa—. Era una mujer mezquina,
avara. Si no hubiera espumado toda la leche se hubiera recogido un poco de crema en el suero y el viejo Grimes hubiera
podido sobrevivir. Pero ella quitó hasta la última gota de
crema y el pobre viejo Grimes se puso tan flaco que el viento se lo llevó. Murió de hambre.

Miró entonces a Ma y añadió:

—Nadie se moriría de hambre estando tú cerca, Caroline.

—Bueno, no —respondió ella—. No, Charles, si tú estu-
vieras allí proveyendo para nosotras.

Pa estaba complacido. Todo era tan agradable, las puertas y las ventanas totalmente abiertas en un atardecer de verano, la vajilla sonando con pequeños y alegres ruidillos
mientras Ma la lavaba y Mary y Laura la secaban, y Pa, guardando su violín, sonriendo y silbando suavemente para sí.

—Mañana por la mañana me iré a casa de Henry, Caroline
—dijo—, para pedirle prestado su azadón. Los brotes están
crecidos a la altura de mi cintura alrededor de los troncos en
el campo de trigo. Hay que vigilar o los bosques invadirían
el lugar.

A la mañana siguiente, temprano, emprendió la marcha
camino de casa de tío Henry. No tardó en volver, presuroso,

enganchó los caballos al carro, puso dentro su hacha, las dos tinas, el gran recipiente metálico para hervir la colada y todos los baldes y cubos de madera que tenía.

—No sé si lo necesitaré todo, Caroline —dijo—, pero no me gustaría necesitarlos y no tenerlos.

—¿Qué pasa? ¿Qué pasa? —preguntó Laura dando saltos de excitación.

—Pa ha encontrado una colmena en un árbol —explicó Ma—. Quizá nos traerá miel.

Era ya mediodía cuando Pa regresó a casa. Laura había estado esperándole y se acercó corriendo al carro tan pronto como se detuvo en el corral. Pero no podía ver en su interior.

—Caroline —gritó Pa—, si vienes a recoger este balde de miel yo desengancharé los caballos.

Ma se acercó al carro, desilusionada.

—Bueno, Charles —dijo—, incluso un balde de miel ya es algo.

Miró entonces dentro del carro y levantó las manos. Pa se echó a reír.

Todos los baldes y los cubos estaban llenos, rebosantes de panales goteando dorada miel. Las dos tinas estaban llenas, y también el recipiente para la colada.

Pa y Ma empujaban con fuerza para entrar en la casa las dos tinas llenas y el gran recipiente y todos los cubos y baldes. Ma amontonó en una bandeja las doradas piezas y cubrió el resto cuidadosamente con trapos.

Aquella noche para cenar comieron toda la cantidad posible hasta saciarse de aquella deliciosa miel y Pa les contó cómo encontró el árbol de las abejas.

—No me he llevado el rifle —contó— porque no pensaba cazar y ahora en verano no hay mucho riesgo de encontrarte en peligro. Las panteras y los osos están tan gordos en esta época, que son perezosos y están de buen humor. Pues bien, seguí un atajo cruzando el bosque y casi me topé con un enorme oso. Di la vuelta a un matorral y allí estaba él, no más lejos de mí como el otro extremo de esta habitación.

«Miró hacia mí y supongo que se dio cuenta de que yo no iba armado. Fuese como fuese, no se interesó por mí. Estaba erguido al pie de un gran árbol y las abejas revoloteaban en torno a él. No podían picarle a través de su gruesa piel y él las apartaba de su cabeza con la pata.

»Me quedé quieto, observándole, mientras él metía la otra pata en un agujero del árbol y la sacaba goteando miel. Se lamió la miel de la pata y volvió a meterla dentro del árbol para recoger más. Pero por aquel entonces yo ya había encontrado un palo y quería aquella miel para mí. De modo que hice un gran ruido golpeando un árbol con el palo mientras gritaba fuertemente. El oso estaba tan gordo y tan harto de miel que se puso de cuatro patas y se marchó anadeando entre los árboles. Le perseguí un trecho y le hice correr, lejos

del árbol de la miel. Después he regresado aquí en busca del carro.

Laura le preguntó cómo podía coger la miel alejando las abejas.

—Eso ha sido fácil —dijo Pa—. He dejado los caballos en el bosque, en donde no pudieran picarles, y he derribado el árbol cortándolo por la mitad.

—¿Y las abejas no te han picado?

—No —respondió Pa—. Las abejas nunca me pican. El árbol estaba completamente hueco y lleno de miel de arriba abajo. Las abejas han debido de estar almacenando miel allí durante años. Parte de ella era vieja y oscura pero supongo que he traído suficiente miel clara y buena para que nos dure largo tiempo.

Laura sintió lástima de las pobres abejas.

—Han trabajado tanto —comentó— para quedarse ahora sin miel.

Pero Pa le dijo que quedaba mucha miel para las abejas y que cerca de aquel árbol había otro gran árbol hueco al cual podrían trasladarse. Añadió que ya era hora de que tuvieran una casa nueva y limpia.

Las abejas cogerían la miel vieja que él había dejado en el árbol viejo derribado y producirían miel fresca, nueva, que almacenarían en su nueva casa. Salvarían hasta la última gota de la miel derramada y la guardarían y nuevamente tendrían abundante miel mucho antes de que llegase el invierno.

Capítulo once

COSECHA

Pa y tío Henry intercambiaban trabajo. Cuando el grano maduraba en los campos, tío Henry venía a ayudar a Pa en el trabajo, y tía Polly y las primas venían a pasar el día. Pa iba después a ayudar a tío Henry a segar sus cereales, y Ma se llevaba a Mary, Laura y Carrie y pasaban el día con tía Polly.

Ma y tía Polly trabajaban dentro de la casa y los primos jugaban en el corral hasta la hora de cenar. El corral de tía Polly era un buen lugar para jugar porque los troncos eran muy gruesos. Los primos jugaban a saltar de un tronco al otro sin tocar el suelo.

Incluso Laura, la más pequeña, podía lograrlo con facilidad en los lugares en donde los árboles más pequeños habían crecido cerca. Primo Charley era un muchacho crecido que casi tenía once años y podía saltar de un tronco al otro casi por todo el corral. Cuando los troncos eran pequeños saltaba dos de una vez y sabía caminar sin sentir miedo por el raíl superior de la valla.

Pa y tío Henry estaban en el campo segando la avena con guadañas. Eran guadañas de acero cortante sujetas a un marco de hojas de madera que cogían y sostenían los tallos de avena cuando la hoja los cortaba. Pa y tío Henry las sostenían por el mango, largo y curvado, y las balanceaban en la avena erguida. Cuando habían cortado bastante para poder hacer una pila, deslizaban fuera de las hojas los tallos cortados y los apilaban en el suelo.

Recorrer el campo de un extremo a otro bajo el sol ardiente balanceando con las dos manos las pesadas guadañas entre el cereal para cortarlo y apilarlo después era un trabajo duro.

Una vez la avena segada debían recorrer nuevamente el campo. Esta vez se inclinaban sobre cada pila y recogían en la mano un puñado de tallos para atarlos juntos y hacer un ramal más largo. Recogían después la pila del cereal en sus

brazos y lo ataban fuertemente con la tira que habían hecho metiendo por dentro los extremos.

Una vez hechas las gavillas tenían que levantar tresnales. Para hacer un tresnal ponían en pie cinco gavillas muy juntas con las cabezas de avena en lo alto. Encima de éstas apilaban dos gavillas más, esparciendo los tallos para hacer un pequeño tejado y proteger los cinco haces del rocío y de la lluvia.

Cada uno de los tallos de avena cortada debía estar siempre a salvo en el tresnal antes de que oscureciera, pues si permanecía en la tierra con el rocío durante toda la noche, se estropearía.

Pa y tío Henry trabajaban afanosamente porque el aire era pesado y caliente y a pesar de ello esperaban lluvia. La avena estaba madura y si no estaba cortada y en el tresnal antes de que llegase la lluvia, la cosecha se perdería. Y los caballos de tío Henry pasarían hambre todo el invierno.

Al mediodía, Pa y tío Henry volvieron apresuradamente a casa y comieron a toda prisa. Tío Henry dijo que Charley debía ayudarles aquella tarde.

Laura miró a Pa cuando tío Henry lo dijo. Pa había dicho a Ma que tío Henry y tía Polly mimaban a Charley. Cuando Pa tenía once años iba al campo todos los días y realizaba una buena jornada de trabajo conduciendo un tiro. Pero Charley no hacía casi ningún trabajo.

Y ahora tío Henry decía que Charley tenía que ir al campo. Podía ahorrarles muchísimo tiempo. Podría ir al arroyo a buscar agua llevándoles la jarra llena cuando ellos necesitaran un trago. Podría ir a buscar la piedra de amolar cuando las hojas de acero necesitasen ser afiladas.

Las niñas miraron a Charley. Éste no quería ir al campo. Quería quedarse en el corral y jugar. Pero, naturalmente, no lo dijo. Pa y tío Henry no descansaron. Almorzaron aprisa y volvieron inmediatamente al trabajo y Charley se marchó con ellos.

Ahora Mary era la mayor y quería un juego tranquilo, de

damisela. De modo que aquella tarde las primas imaginaron una casa en el corral. Los troncos eran sillas y mesas y fogones, las hojas eran platos y las ramas eran los niños.

Camino de casa, aquella noche Laura y Mary oyeron que Pa contaba a Ma lo sucedido en el campo.

En lugar de ayudar a Pa y a tío Henry, Charley estorbó tanto como pudo. Se ponía delante de ellos de modo que no pudieran balancear las guadañas. Escondió la piedra de amolar, así que tuvieron que buscarla cuando las hojas necesitaron ser afiladas. No trajo la jarra de agua hasta que tío Henry le gritó tres o cuatro veces y después Charley andaba malhumorado.

Después de todo esto, Charley les seguía en su recorrido haciendo preguntas. Ellos trabajaban demasiado acelerados para prestarle atención de modo que le dijeron que se marchase y que no les molestara.

Pero dejaron caer sus guadañas y corrieron cruzando el campo cuando le oyeron chillar. El campo estaba rodeado de bosque y entre la avena había serpientes.

Cuando llegaron junto a Charley vieron que no ocurría nada y Charley se reía diciendo:

—¡Esta vez os he engañado!

Pa dijo que si él hubiera sido tío Henry le hubiera dado una buena paliza allí mismo. Pero tío Henry no lo hizo.

De modo que bebieron un trago de agua y volvieron al trabajo.

Charley gritó otras tres veces y corrieron hacia él tan aprisa como pudieron y él se burló de ellos. Pensaba que era una buena broma. Y a pesar de ello tío Henry no le azotó.

Gritó entonces por cuarta vez, más fuertemente que antes. Pa y tío Henry le miraron y Charley daba grandes saltos gritando al mismo tiempo. No vieron que le sucediera nada especial y como les había engañado tantas veces continuaron con su trabajo.

Charley continuó chillando, cada vez más alto y más agudo. Pa no dijo nada pero tío Henry comentó:

—Dejémosle que chille.

De modo que continuaron trabajando y Charley continuó chillando.

Saltaba y chillaba. No paraba de saltar y chillar. Finalmente, tío Henry dijo:

—Quizá sí que le pasa algo.

Dejaron las guadañas y cruzaron el campo para acercarse a Charley.

Todo aquel tiempo Charley había estado saltando encima de un nido de avispas.

Las avispas vivían en nidos en el suelo y Charley pisó uno por error. Las pequeñas avispas salieron en enjambre con sus aguijones ardientes y se abalanzaron contra Charley de modo que él no pudo huir.

Saltaba sin cesar y cientos de avispas le estaban picando por todas partes. Le picaban en la cara, en las manos, en la nuca y en la nariz, y estaban subiendo por las perneras de su pantalón y picaban y se deslizaban por su espalda y le picaban. Cuanto más saltaba y chillaba, más le iban picando.

Pa y tío Henry le agarraron por los brazos y lo sacaron de encima del nido de avispas. Lo desnudaron y sus ropas estaban llenas de avispas y las picaduras estaban hinchándole por todas partes. Mataron a las avispas que tenía aún encima y sacudieron las que estaban prendidas en sus ropas. Después le vistieron de nuevo y le enviaron a casa.

Laura y Mary y las primas estaban jugando tranquilamente en el corral cuando oyeron un fuerte grito, entrecortado. Charley entró en el corral voceando, con la cara tan hinchada que las lágrimas apenas podían brotar de sus ojos.

Tenía las manos y la nuca hinchadas, y las mejillas eran enormes y duras hinchazones. Los dedos tiesos hinchados. Sobre su cara y nuca hinchadas se veían abolladuras pequeñas y duras.

Laura, Mary y las primas se quedaron boquiabiertas, mirándole.

Ma y tía Polly salieron corriendo de la casa y le preguntaron qué ocurría. Charley balbuceaba y gritaba. Ma dijo que habían sido las avispas. Corrió al huerto y recogió un gran cazo de tierra mientras tía Polly le hacía entrar en casa y lo desnudaba.

Reunieron una gran cantidad de barro que esparcieron por todo el cuerpo de Charley. Lo envolvieron en una sábana vieja y lo pusieron en la cama.

Tenía los ojos cerrados por la hinchazón y una forma extraña de nariz. Ma y tía Polly le cubrieron todo el rostro con barro que sujetaron con trapos. Únicamente se veía el extremo de su nariz y su boca.

Tía Polly preparó para Charley una infusión de hierbas para calmarle la fiebre. Laura y Mary y las primas se quedaron un rato alrededor de Charley, contemplándole.

Ya había oscurecido aquel día cuando Pa y tío Henry regresaron del campo. Toda la avena estaba en tresnal y aunque lloviera no sufriría ningún daño.

Pa no pudo quedarse a cenar porque tenía que ir a casa a ordeñar las vacas. Las vacas siempre esperaban, en casa, y si no se las ordeñaba, dejarían de dar tanta leche. Enganchó rápidamente los caballos y todos subieron al carro.

Pa estaba muy cansado y le dolían tanto las manos que le era difícil conducir, pero los caballos conocían bien el camino de regreso a casa. Ma estaba sentada junto a él, con Carrie en los brazos, y Laura y Mary se sentaban en la tabla, detrás de ellos. Fue entonces cuando oyeron todo lo que Pa contó a Ma sobre la conducta de Charley.

Laura y Mary estaban horrorizadas. Ellas también eran traviesas algunas veces, pero nunca hubieran imaginado que alguien pudiera portarse tan mal como Charley se había portado. No había ayudado para salvar la avena. No había obedecido pronto a su padre cuando éste le habló. Había molestado a Pa y a tío Henry mientras ellos trabajaban duramente.

Entonces Pa dijo algo sobre el nido de avispas y comentó:

—Ha sido un buen escarmiento para ese pequeño mentiroso.

Ya acostada en la cama de ruedas, aquella noche, Laura yacía escuchando el golpeteo de la lluvia en el tejado que caía por los aleros, recordando lo que Pa había dicho.

Pensó en lo que las avispas habían hecho a Charley. Ella también creía que era un buen escarmiento para Charley. Se lo merecía porque se había portado tan monstruosamente mal. Y las avispas tenían todo el derecho de picarle, cuando él saltaba sobre su nido.

Pero no comprendía por qué Pa le había llamado pequeño mentiroso. No comprendía cómo podía Charley ser un mentiroso si no había dicho ni una palabra.

Capítulo doce

LA MARAVILLOSA MÁQUINA

Al día siguiente, Pa cortó las cabezas de algunas gavillas de avena y trajo a Ma las pajas amarillas, limpias y brillantes. Ella las puso a remojo en un balde con agua, para ablandarlas y mantenerlas así. Se sentó entonces junto al balde y trenzó las pajas.

Cogió algunas, anudó los extremos y comenzó a trenzar. Las pajas eran de longitudes diferentes y al llegar cerca del final de una paja, Ma colocaba otra nueva, larga, que sacaba del balde, en el lugar de aquélla y continuaba trenzando.

Dejaba que el extremo de la trenza cayera nuevamente en el agua y continuaba trenzando hasta tener muchos metros de trenza. Durante muchos días dedicó todo su tiempo libre a trenzar las pajas.

Hacía una trenza fina, estrecha y suave, utilizando siete de las pajas más pequeñas. Para una trenza más gruesa utilizaba nueve pajas de las más largas y las anudaba haciendo muescas. Y de las pajas más largas confeccionaba la trenza más ancha.

Después de trenzar todas las pajas enhebraba una aguja con hilo blanco y fuerte y empezando por el extremo de una trenza la cosía dando vueltas y más vueltas, sosteniendo la trenza para que estuviera plana después de haber sido cosida. Con esto hacía una pequeña estera y Ma decía que era la copa de la corona de un sombrero.

Después sostenía fuertemente la trenza por un borde y continuaba cosiéndola, dando vueltas y más vueltas. La trenza tiraba hacia dentro y eran los costados de la corona. Cuando la corona era suficientemente alta, Ma sostenía la trenza suelta de nuevo mientras continuaba cosiendo alrededor y la trenza quedaba plana y aquello era el ala del sombrero.

Cuando el ala era suficientemente ancha, Ma cortaba la trenza y cosía el final fuertemente para que no se destrenzara.

Ma hizo sombreros para Mary y para Laura con la trenza más fina, la más estrecha. Para Pa y para ella hizo sombreros de la trenza más ancha, con muescas. Éste sería el sombrero de Pa para los domingos. Le hizo también dos sombreros con la trenza más ancha, la más basta.

Cuando terminaba un sombrero Ma lo dejaba en una tabla para que se secara, dándole una bonita forma y cuando estaba seco mantenía la forma que ella le había dado.

Ma sabía hacer unos bonitos sombreros. A Laura le gustaba observarla y aprendió a trenzar la paja e hizo un pequeño sombrero para Charlotte.

Los días se acortaban y las noches eran más frías. Una noche, Jack Frost pasó cerca y por la mañana se veían colores brillantes aquí y allá entre las verdes hojas del Gran Bosque. Después las hojas ya no eran verdes. Eran amarillas y rojas, carmesí, doradas y amarronadas.

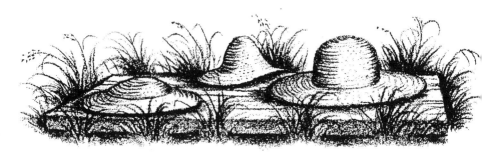

A lo largo de la valla de troncos, el zumaque alzaba sus conos rojo oscuro de bayas sobre las brillantes hojas llameantes. Las bellotas se desprendían de las encinas y Laura y Mary construyeron pequeñas copas y platitos para la casa de juego. Las nueces comunes y las de caria caían al suelo en el Gran Bosque y las ardillas se daban prisa, atareadas por todas partes, recogiendo su despensa invernal de nueces que escondían en árboles huecos.

Laura y Mary salieron con Ma a recoger nueces, y después rompieron la cáscara exterior y las almacenaron en el ático para el invierno.

Era divertido recoger las grandes nueces redondas y las nueces de caria más pequeñas y las pequeñas avellanas que crecían arracimadas en los arbustos. Las blandas cáscaras exteriores de las nueces tenían un jugo marrón que les manchaba las manos, pero la avellana olía bien, y sabía muy bien, además, cuando Laura utilizaba los dientes para extraer la avellana.

Todos tenían trabajo ahora ya que había que almacenar las hortalizas. Laura y Mary ayudaban, recogiendo las polvorientas patatas después de que Pa las hubiera sacado de la tierra, y tirando de las largas zanahorias amarillas y los redondos nabos con su color púrpura en lo alto, y ayudaban a Ma a cocinar las calabazas para hacer tortas.

Con el cuchillo de carnicero Ma cortaba las grandes calabazas color naranja por la mitad. Les quitaba las semillas del centro y cortaba la calabaza en tiras largas de las que separaba la corteza. Laura ayudaba cortando las tiras en cuadrados.

Ma ponía los cubos cortados en el gran cazo de hierro sobre el fogón y vigilaba mientras la calabaza hervía lentamente todo el día. El agua y el jugo tenían que evaporarse totalmente y la calabaza nunca debía quemarse. Dentro del cazo se formaba una masa espesa, oscura, de agradable olor. No hervía como el agua pero surgían burbujas que de pronto explotaban, formando agujeros que se cerraban con rapidez.

Cada vez que una burbuja explotaba se percibía el olor rico y caliente de la calabaza.

Laura, de pie sobre una silla, vigilaba la calabaza por Ma y la removía con una pala de madera. Sostenía la pala con las dos manos y agitaba cuidadosamente porque si la calabaza se quemaba no tendrían tortas de calabaza.

Aquella noche cenaban calabaza cocida preparada con pan. Dibujaban bellas formas en sus platos. Tenía un bonito color y ¡se alisaba y moldeaba tan bien con el cuchillo! Ma nunca permitía que jugasen con la comida en la mesa, tenían que comer siempre con pulcritud todo lo que les ponían en el plato, sin dejar nada. Pero con la calabaza cocida y tostada les permitía hacer bonitas formas antes de comérsela.

Otras veces cenaban la fruta Hubbard cocida. La corteza era tan dura que Ma tenía que usar el hacha de Pa para cortarla en trozos. Cuando los trozos se cocían en el horno, a Laura le gustaba untar con mantequilla la suave carne amarilla del interior de la corteza y comérsela con una cuchara.

Para cenar, tenían a menudo maíz sin cáscara y leche. Esto también era bueno. Lo era tanto que Laura apenas podía esperar a que el maíz estuviera a punto después de que Ma comenzaba a prepararlo. Se tardaba de dos a tres días en hacerlo.

El primer día Ma limpiaba y cepillaba las cenizas sacándolas de la estufa-fogón. Después quemaba leña de madera dura, limpia y brillante y reservaba las cenizas que metía en una pequeña bolsa de tela.

Aquella noche Pa traía algunas mazorcas de maíz con grandes granos gruesos. Arrancaba las orejas de las mazorcas y los pequeños granos que cubrían las puntas. Desgranaba entonces el resto en un gran cazo hasta llenarlo.

Al día siguiente, temprano, Ma ponía los granos sueltos y el saco de las cenizas en la gran olla de hierro. La llenaba de agua y mantenía la ebullición durante largo tiempo. Finalmente, los granos de maíz comenzaban a hincharse y se hinchaban más y más hasta que la piel se abría y se pelaban.

Cuando todas las pieles se habían desprendido Ma arrastraba fuera la pesada olla. Llenaba un balde limpio con agua fría del arroyo y pasaba el maíz de la olla al balde. Enrollaba por encima de los codos las mangas de su floreado vestido de calicó y se arrodillaba junto al balde. Con las manos frotaba una y otra vez el maíz hasta que las cáscaras caían y quedaban flotando en el agua.

Vertía frecuentemente el agua y llenaba nuevamente el balde con cubos de agua del arroyo. Continuaba frotando y limpiando el maíz entre sus manos y cambiando el agua, hasta que todas las cáscaras se habían desprendido y saltaban.

Ma tenía un bonito aspecto con sus brazos desnudos, redondos y blancos, sus mejillas enrojecidas y su cabello oscuro liso y brillante mientras frotaba y limpiaba el maíz en el agua clara. Ni una sola gota de agua salpicaba jamás su bonito vestido.

Cuando finalmente el maíz estaba a punto, Ma ponía todos los blandos y blancos granos en una gran jarra en la despensa. Finalmente, ya tenían el maíz pelado y la leche para cenar.

Algunas veces desayunaban también con maíz y jarabe

de arce y otras veces Ma freía los blandos granos con pedazos de tocino. Pero a Laura le gustaban más que nada con leche.

El otoño era muy divertido. Había tanto trabajo, tantas cosas buenas para comer, tantas cosas nuevas para ver... Laura iba de un lado a otro, activa y charlatana, como las ardillas, de la mañana a la noche.

Una mañana helada llegó una máquina por el camino. Cuatro caballos tiraban de ella y la montaban dos hombres. Los caballos la llevaron al campo en donde Pa, tío Henry, el abuelo y el señor Peterson habían amontonado su trigo.

Dos hombres más vinieron montados en una máquina más pequeña.

Pa le dijo a Ma que ya habían llegado los trilladores y se apresuró a ir al campo con su tiro de caballos. Laura y Mary pidieron permiso a Ma y después corrieron al campo detrás de su padre.

Tío Henry llegó en su caballo que ató a un árbol. Después él y Pa engancharon los otros caballos, ocho en total, a la máquina más pequeña. Engancharon cada pareja al final de un largo palo que salía del centro de la máquina. Una gran barra de hierro unía por el suelo esta máquina a la más grande.

Luego Laura y Mary preguntaron y Pa les dijo que la máquina grande se llamaba «trilladora» y el palo se llamaba «barra volteadora» y la pequeña máquina se llamaba «de caballos de carga».

Un hombre se sentaba en lo alto de la máquina de caballos de carga y cuando todo estaba a punto, azuzaba a los caballos, que comenzaban a caminar en círculo, alrededor del hombre, cada pareja de caballos tirando del largo palo del cual estaba enganchada y siguiendo a la pareja que tenía delante. A medida que daban vueltas pasaban cuidadosamente por encima de la barra volteadora que no dejaba de

girar sobre su eje a ras del suelo. Su fuerza de tiro hacía girar la barra y ésta movía la máquina trilladora que estaba detrás de la pila de trigo. Esta maquinaria hacía un ruido enorme, golpeando y resonando con estrépito. Laura y Mary permanecían fuertemente asidas de la mano, a la orilla del campo, y observaban con asombro. Jamás en su vida habían visto una máquina semejante. Jamás habían oído un ruido parecido.

Pa y tío Henry lanzaban las gavillas de trigo a una tabla de la máquina pequeña, un hombre que permanecía de pie en la tabla las recibía y desataba las gavillas, luego las introducía una a una en la abertura situada en un extremo de la trilladora.

La abertura parecía la boca de la trilladora con sus largos dientes de hierro que masticaban las gavillas y la trilladora se las tragaba. La paja salía volando por un extremo de la trilladora y por un lado de ésta salía el trigo. Dos hombres trabajaban muy deprisa, pisando y apilando la paja. Los granos de trigo caían de la trilladora dentro de una medida de medio «bushel»[1], y tan pronto la medida estaba llena otro hombre introducía este grano en un saco vacío. Este hombre tenía el tiempo justo de llenar el saco antes de que la medida volviese a rebosar de trigo.

Los hombres trabajaban tan rápidamente como podían pero la máquina los mantenía en el ritmo. Laura y Mary estaban tan excitadas que casi no podían respirar. Entrelazadas fuertemente sus manos, observaban con toda atención.

Los caballos giraban y giraban. El hombre que los conducía hacía restallar el látigo y gritaba:

—¡Vamos adelante, John! ¡No intentes eludir este penoso trabajo!

Y ¡chas!, el látigo.

—¡Cuidado ahí, Billy! ¡Vamos, chico! ¡No tienes otro remedio que ir a buen paso!

La trilladora se tragaba las gavillas, la paja dorada salía volando formando una nube, el trigo fluía dorado-marrón por el conducto de salida mientras los hombres se apresuraban. Pa y tío Henry empujaban las gavillas hacia abajo tan deprisa como les era posible. Y el desperdicio y el polvo volaban por todas partes, lo cubrían todo.

Laura y Mary estuvieron contemplándolo todo el tiempo que pudieron. Luego volvieron corriendo a casa para ayudar a Ma a preparar la comida para todos aquellos hombres.

En el fogón estaba hirviendo una gran olla que contenía col y carne, y en el horno un gran cazo con judías y un pastel «Johnny». Laura y Mary pusieron la mesa para los trilladores. Pusieron pan con sal y mantequilla, cuencos con calabaza

---

1. Medida de áridos equivalente en EE.UU. a 35.24 litros. (*N. de la T.*)

cocida, tortas de calabaza y tortas de bayas secas, galletas, queso y miel, y jarras de leche.

Ma puso después sobre la mesa las patatas hervidas, la col y la carne, las judías cocidas, el pastel «Johnny» caliente y el jugo de la fruta «hubbard», y sirvió te.

Laura se había preguntado siempre por qué el pan hecho con harina de maíz se llamaba «pastel Johnny». No era pastel. Ma no lo sabía, a no ser que los soldados del Norte lo llamasen «pastel Johnny» porque la gente del Sur, en donde ellos luchaban, lo comían tan a menudo. Llamaban a los soldados del Sur Johnny Rebs. Quizás al pan del Sur lo llamaban pastel solamente para divertirse.

Ma había oído comentar que debería llamarse pastel de viaje. Ella lo ignoraba. Sería un pan muy conveniente para llevar consigo en un viaje.

Al mediodía los trilladores se sentaron a la mesa llena de abundante comida. Pero no sobró nada pues aquellos hombres trabajaban duramente y tenían mucho apetito.

Hacia media tarde las máquinas habían terminado todo el trillado. Los propietarios de las máquinas se las llevaron adentrándose en el Gran Bosque cargando con ellos los sacos de trigo dados como paga. Iban a otro lugar en donde los vecinos habían apilado su trigo y querían que las máquinas lo trillasen.

Pa estaba muy cansado por la noche pero se sentía feliz.

—Henry, Peterson y yo hubiéramos necesitado un par de semanas cada uno para trillar tanto grano con el mayal como el que ha trillado esta máquina hoy —le dijo a Ma—. No hubiéramos conseguido tanto trigo ni hubiera quedado tan limpio.

«Esta máquina es un gran invento —continuó—. Habrá quien se apegue a los viejos sistemas si así les apetece, pero yo estoy a favor del progreso. Estamos viviendo una gran época. Mientras cultive trigo voy a encargar siempre que venga una máquina a trillarlo si es que hay alguna en la vecindad.

Aquella noche estaba demasiado cansado para hablar con Laura, pero Laura se sentía orgullosa de su padre. Era Pa quien había conseguido que los otros hombres apilaran las gavillas de trigo y había hecho venir la máquina de trillar que era una máquina maravillosa. Todos estaban satisfechos de que hubiera venido.

Capítulo trece

EL CIERVO DEL BOSQUE

La hierba estaba seca y marchita y las vacas debían abandonar el bosque y regresar al establo para poder comer. Los brillantes colores de las hojas se convirtieron en un marrón apagado cuando comenzaron las frías lluvias del otoño. Ya no se podía jugar debajo de los árboles. Pa permanecía en la casa cuando llovía y comenzó nuevamente a tocar el violín después de cenar.

Luego cesaron las lluvias. El tiempo se hizo más frío. Por las mañanas todo aparecía cubierto de escarcha. Los días se acortaban y en la estufa se conservaba todo el día un pequeño fuego para mantener caliente la casa. El invierno no estaba lejos.

El ático y la bodega rebosaban de cosas buenas una vez más y Laura y Mary habían comenzado a coser cubrecamas de retales. Todo volvía a estar nuevamente caliente y confortable.

Una noche, cuando regresaba de sus tareas, Pa dijo que después de cenar iría a su lamedor para ciervos por si acudía algún animal. En la pequeña casa no habían comido carne fresca desde la primavera pero ahora los cervatillos ya habían crecido y Pa saldría a cazar de nuevo.

Pa había preparado un lamedor para ciervos en un claro del bosque, con árboles cerca en donde él podía sentarse para vigilar. Un lamedor para ciervos era un lugar en donde los ciervos acudían para lamer la sal y a eso se le llamaba un lamedor para ciervos. Pa había preparado uno derramando sal por el suelo.

Después de cenar, Pa agarró el rifle y se fue al bosque y Laura y Mary se acostaron sin historias ni música.

Tan pronto como se despertaron por la mañana corrieron a la ventana pero no había ningún ciervo colgando de los árboles. Pa nunca había salido a cazar un ciervo y había regresado sin traerlo. Laura y Mary no sabían qué pensar.

Durante todo aquel día estuvo atareado cubriendo la casita y el establo con hojas muertas y paja sujetada con piedras para que no penetrara el frío. El frío creció durante todo el día y aquella noche, una vez más, hubo fuego en la chimenea del hogar y se cerraron firmemente las ventanas y se taparon los resquicios en previsión del invierno.

Después de cenar, Pa sentó a Laura en sus rodillas mientras Mary se sentaba cerca, en su sillita.

—Ahora os voy a contar —dijo Pa— por qué hoy no habéis comido carne fresca.

«Cuando salí ayer para ir al lamedor para ciervos me encaramé a un gran roble. Encontré espacio en una rama donde estaba cómodo y podía vigilar el lugar de la sal. Estaba lo bastante cerca para disparar contra cualquier animal que se acercara y tenía el arma cargada y a punto sobre mis rodillas. Así que allí sentado esperaba que la luna se alzara e iluminara el claro.

»Me sentía un poco cansado porque pasé todo el día de ayer cortando leña y debí dormirme pues descubrí que abría los ojos. La gran luna redonda estaba alzándose. Podía verla por entre las ramas desnudas de los árboles, baja en el cielo. Y justo en relieve contra la luna vi a un ciervo erguido. Alzaba la cabeza y escuchaba. Sus grandas astas enramadas destacaban por encima de su cabeza. Era una silueta oscura contra la claridad de la luna.

»Era un blanco perfecto. Pero era tan hermoso, parecía tan fuerte, libre y salvaje, que no pude matarlo. Me quedé quieto mirándole hasta que de un salto desapareció en el bosque. Entonces recordé que Ma y mis pequeñas estaban esperándome para que trajera a casa un poco de venado fresco. Me decidí y pensé que la próxima vez dispararía.

»Pasado un rato un gran oso entró en el claro caminando pesadamente. Estaba tan gordo por haberse hartado de bayas, raíces y gusanos durante todo el verano, que casi era tan grande como dos osos. Balanceaba la cabeza de un lado a otro caminando sobre las cuatro patas, cruzando el claro a la luz de la luna hasta que llegó a un tronco podrido. Lo husmeó y escuchó. Entonces lo partió con la pata, olfateó los trozos rotos y se comió los gordos gusanos blancos.

»Se alzó después sobre sus patas traseras, inmóvil, y miró a su alrededor. Parecía sospechar que algo no estaba bien. Intentaba oler o ver qué era. Era un blanco perfecto para disparar pero yo estaba tan interesado en observarle y había tanta paz en el bosque a la luz de la luna, que me olvidé del rifle. Ni tan siquiera pensé en disparar contra él hasta que se alejó anadeando en el bosque.

»Esto no va bien, pensé. De este modo nunca voy a conseguir carne. Me acomodé en el árbol y esperé de nuevo. Esta vez estaba decidido a disparar contra la primera pieza que se acercara.

»La luna ya estaba alta en el cielo y su luz brillaba en el pequeño claro. Las sombras alrededor eran oscuras entre los árboles. Pasado un largo rato, una cierva y su cervatillo surgieron de las sombras caminando delicadamente. No tenían ningún miedo. Se acercaron al lugar donde yo había esparcido la sal y los dos lamieron un poco. Levantaron entonces la cabeza y se miraron. El cervatillo se colocó a un lado, junto a su madre. Permanecieron juntos, mirando hacia el bosque y hacia la luna. Sus grandes ojos eran brillantes y dulces.

»Permanecí inmóvil, mirándoles, hasta que se alejaron en la oscuridad. Entonces bajé del árbol y regresé a casa.

Laura susurró en su oído:

—Estoy contenta de que no les dispararas.

—Podemos comer pan con mantequilla —añadió Mary.

Pa alzó a Mary de su sillita y las juntó en un abrazo.

—Sois mis niñas buenas —dijo—. Y ahora es momento de acostaros. Vamos, mientras yo saco el violín.

Cuando Mary y Laura hubieron rezado y estuvieron bien arropadas bajo las mantas, en su camita de ruedas, Pa se sentó junto al fuego con el violín. Ma había apagado la luz de la lámpara porque no la necesitaba. En el otro lado del hogar se balanceaba suavemente en su mecedora y sus agujas de calceta relampagueaban entrando y saliendo del punto por encima del calcetín que estaba tejiendo.

Las largas noches de invierno, de claridad junto al fuego y de música, habían llegado nuevamente.

El violín de Pa gimió mientras Pa cantaba:

Oh, Susana, no llores más por mí,
yo me voy a California
a buscar el oro allí.

Pa comenzó después a tocar nuevamente la canción sobre el Viejo Grimes. Pero no cantó las mismas palabras que había cantado cuando Ma hacía el queso. Éstas eran diferentes. La voz firme y dulce cantaba suavemente:

¿Serán olvidados los viejos amigos
y nunca recordados?
¿Serán olvidados los viejos amigos
y los viejos días de antaño?
¿Y los viejos días de antaño, amigo mío,
y los viejos días de antaño?
¿Serán olvidados los viejos amigos,
y nunca recordados?

—¿Qué son los días de antaño, Pa?

—Son los días de un tiempo muy lejano, Laura —respondió Pa—. Ahora duérmete, Laura.

Pero Laura permaneció desvelada un buen rato, escuchando el violín de Pa que tocaba dulcemente, y escuchando el solitario sonido del viento en el Gran Bosque. Miró a Pa sentado en el banco, junto al hogar, y la claridad del fuego resplandeciendo en su cabello castaño y en su barba y brillando en el violín color de miel. Miró a Ma, meciéndose suavemente y tejiendo.

«Éste es el presente», pensó para sí.

Se sintió contenta por la casa confortable, por Pa y por Ma, y por el fuego en el hogar y por la música, que eran el presente. No podían caer en el olvido, pensó, porque el presente es ahora. Nunca puede ser un pasado tiempo lejano.

Versiones originales
de las canciones que aparecen en la obra

Página 33

Yankee Doodle went to town,
He wore his striped trousies,
He swore he couldn't see the town,
There was so many houses.

And there he saw some great big guns,
Big as a log of maple,
And every time they turned 'em round,
It took two yoke of cattle.
And every time they fired 'em off,
It took a horn of powder,
It made a noise like father's gun,
Only a nation louder.

And I'll sing Yankee Doodle-de-do,
And I'll sing Yankee Doodle,
And I'll sing Yankee Doodle-de-do,
And I'll sing Yankee Doodle!

Página 55

My darling Nelly Gray,
they have taken you away,
And I'll never see my darling any more...

Página 69

Shall I be carried to the skies,
On flowery beds of ease,
While others fought to win the prize,
And sailed through bloody seas?

Página 70

A penny for a spool of thread,
Another for a needle,
That's the way the money goes.

All around the cobbler's bench,
The monkey chased the weasel,
The preacher kissed the cobbler's wife.
Pop! goes the weasel!

Página 71
There was an old darkey
And his name was Uncle Ned,
And he died long ago, long ago.
There was no wool on the top of his head,
In the place where the wool ought to grow.

His fingers were as long,
As the cane in the brake,
His eyes they could hardly see,
And he had no tecth for to eat the hoe-cake,
So he had to let the hoe-cake be.

So hang up the shovel and the hoe,
Lay down the fiddle and the bow,
There's no more work for old Uncle Ned,
For he's gone where the good darkeys go.

Página 81
The birds were singing in the morning,
and the myrtle and the ivy were in bloom,
And the sun o'er the hills was a-dawning,
'Twas then that I laid her in the tomb.

Página 90
I'm Captain Jinks of the Horse Marines,
I feed my horse on corn and beans,
And I often go beyond my means,
For I'm Captain Jinks of the Horse Marines,
I'm captain in the army!

Página 99
Oh, you Buffalo gals,
Aren't you coming out tonight,
Aren't you coming out tonight,
Aren't you coming out tonight,
Oh, you Buffalo gals,

Aren't you coming out tonight,
To dance by the light of the moon?

Doe see, ladies, doe see doe,
Come down heavy on your heel and toe!

Página 117
Mid pleasures and palaces,
though we may roam,
Be it ever so humble,
there's no place like home.

Página 127
Old Grimes is dead, that good old man,
We ne'er shall see him more,
He used to wear an old gray coat,
All buttoned down before.

Old Grimes's wife made skim-milk cheese,
Old Grimes, he drank the whey,
There came an east wind from the west,
And blew Old Grimes away.

Página 153
Oh, Susi-an-na, don't you cry for me,
I'm going to Dal-i-for-ni-a,
The gold dust for to see.

Shall auld acquaintance be forgot,
And never brought to mind?
Shall auld acquaintance be forgot,
And the days of auld lang syne?
And the days of auld lang syne, my friend,
And the days of auld lang syne,
Shall auld acquaintance be forgot,
And the days of auld lang syne?

ÍNDICE